Het geheime leven van Adriaen Coorte

Historische Roman

Peter Devaere

Splendid Island

Ormidia, Larnaca

Devaere, Peter

Het geheime leven van Adriaen Coorte

Ebook: ISBN 978-9925-7677-8-6

Paperback: ISBN 978-9925-7677-9-3

Cover Design: Dusan Arsenic

Cover Art: Gooseberries on a Table 1701, Adriaen Coorte (Dutch, c. 1660-aft 1707), Oil on paper mounted on wood, Courtesy of the Cleveland Museum of Art Map of Walcheren: L'île de Walcheren dans «Le Comté de Zeelande», carte dressée par Nicolas Sanson et imprimée à Paris chez H. Jaillot en 1681.

Wikimedia Commons

1. oplage 2019

Published by Splendid Island Ltd

Scanbox 05927

Ehrenbergstrasse 16a

10245 Berlin - Deutschland

Inhoudsopgave

Het eiland Walcheren in de graafschap Zeeland, 1681

Hoofdstuk 1

In de vroege zomer van 1682 brak de schilder Adriaen Coorte zijn leertijd bij Melchior d'Hondecoeter voortijdig af en vluchtte uit Amsterdam. Hij had bijna vier jaar doorgebracht in het atelier van de specialist voor de jachtstillevens en werd een van zijn meest getalenteerde leerlingen. D'Hondecoeter had hem het schilderen van bladeren, bloemen, distels en vruchten op zijn eigen schilderijen toevertrouwd, omdat hij besefte dat Coorte hierin superieur was aan hem. Al snel ontstond er een duidelijke taakverdeling. D'Hondecoeter schilderde zijn eenden, ganzen, fazanten, duiven, pauwen en patrijzen, Coorte schilderde de hele natuur erom heen. Het atelier D'Hondecoeter werd een succesvol bedrijf.

In schilderskringen ging het gerucht dat Coorte een oogje op Isabel, de enige dochter van D'Hondecoeter, had. Maar niemand kon het gerucht bevestigen. Coorte was een slanke en hoge verschijning met een mooi gezicht dat treurig door bruine krullen de wereld in keek. Zijn talent was onbetwistbaar. Coorte had die ietwat arrogante blik, die je aan zijn opgetrokken mondhoeken kon herkennen. Het was de uitdrukking waardoor sommige vrouwen zwak werden. Er waren er in Amsterdam die hem in de gaten hielden. Maar Coorte was verlegen. Hij was zelfs onhandig met vrouwen. Hij was stilzwijgend van nature en leek alleen te stotteren in hun bijzijn, als hij al iets zei. Liever verstopte hij zich in zijn kamer en las boeken.

Nadat hij was gevlucht, beweerden enkele leerlingen in het atelier dat Coorte een hekel had gehad aan de hoogdravendheid van de koopmansstad Amsterdam. Hij haatte het ongebroken geloof in een roemrijke toekomst van de jonge republiek. Hij haatte de pracht en praal van de herenhuizen en de dure kleding van hun bewoners. En hij haatte de onderwerpen die ze bij de schilders bestelden. De weelderige stillevens met rijk gevulde tafels, de zelfgenoegzaamheid van de portretten, die de kooplieden lieten schilderen. Het was de uitdrukking van hun verslaving aan luxe en het tentoonstellen van hun rijkdom. Bovenal haatte hij de levensgrote groepsportretten van de schuttersgilden. Hij haatte de portretten van de regenten en de edelen. Het waren schilderijen die in hun monstruositeit een uitdrukking van grootheidswaan waren. Een klein land dat nauwelijks op de wereldbol te vinden was, was volledig grootheidswaanzinnig geworden, zei hij. En hij, Coorte, was opgeleid om deze megalomanie met zijn penseel uit te drukken.

Tenslotte had hij een hekel aan de jachtonderwerpen waar hij in het atelier van D'Hondecoeter aan meewerkte. Hij wist precies waar dit alles toe zou leiden. Hij zou zijn meesterwerk schilderen. Hij zou lid worden van het Lukasgilde. En dan zou hij zijn eigen atelier hebben en op een dag zelf leerlingen in dienst nemen. En dan zouden de Amsterdamse kooplieden komen en precies dezelfde onderwerpen van hem verlangen die ze bij D'Hondecoeter bestelden: Jachtstillevens, weelderige tafels vol wijnglazen, wild, exotisch fruit en vis. Hij had het allemaal zien aankomen en nog voordat hij eraan moest beginnen, had hij er al een hekel aan.

Niemand had verwacht dat Coorte op een dag zou verdwijnen. Hij was zwijgzaam, maar betrouwbaar. D'Hondecoeter had gehoopt dat hij zijn getalenteerde leerling nog enkele jaren na zijn meesterproef in zijn atelier zou kunnen houden.

Op een warme junidag, nog voor zonsopgang, was Coorte met zijn spullen aan boord van de trekschuit naar Haarlem gegaan. Het was een plat schip, dat door paarden werd getrokken. Het transporteerde de reizigers van stad tot stad. Zijn medereizigers hadden de stille jongeman nauwelijks opgemerkt. Hij leek te dromen, gewikkeld in zijn jas. Ze aten en dronken tijdens de reis en gooiden de restjes in het kanaal. Zij staken hun pijpen aan, waarvan de rook zich al snel tot in de verste uithoek van het interieur van de trekschuit verspreidde. Coorte kon niet tegen de rook en had zich in het dakloos deel gezet waar de vuile was van de Amsterdammers zich opstapelde. Het was bestemd voor de blekerij in Haarlem. Coorte keek naar de zware stap van de trekpaarden die de schuit over het jaagpad sleepten.

Toen de schuit na enkele uren Haarlem bereikte, stapte Coorte over op de schuit naar Leiden en bereikte via Delft uiteindelijk Rotterdam. Daar moest hij bijna een week wachten voordat hij een plekje op een linieschip kreeg. Het zou hem in twee dagen en nachten naar het eiland Walcheren in Zeeland brengen. Toen het schip na een rustige overtocht de haven van Vlissingen bereikte, ging hij aan wal en nam zijn intrek in een kamer van zijn oudere broer Jacob Michiel, die in een herenhuis in Middelburg woonde. Coorte was drieëntwintig jaar oud. Hij zou het eiland tot zijn dood niet meer verlaten.

Hoofdstuk 2

Sinds zijn terugkeer weigerde hij over zijn tijd in Amsterdam te praten. Zodra het onderwerp maar werd aangeraakt, overmande hem een sombere stemming, alsof de vraag alleen al een belediging was. Na een tijdje vermeden zijn broers zelfs het woord *Amsterdam* in zijn aanwezigheid uit te spreken.

Coorte was gevlucht. Hij was de dood ontvlucht. Hij was voor de kindsdood in de baarmoeder van Isabel gevlucht.

Coorte had Isabel ontmoet terwijl haar vader in de taverne zat of met zijn kunsthandelaarsvrienden in de stad rondzwierf. Hij was bij haar vroeg in de ochtend toen de hele familie nog sliep. Coorte, de serene, de askeet, was een minnaar geworden. Isabel had de waanzin van de passie in hem ontlokt. Zijn geslacht roerde zich alleen al als hij aan Isabel dacht. Hij probeerde zich te temperen, maar dat lukte hem nauwelijks. En toen was het gebeurd. Hij had de jonge vrouw op een nacht in haar slaapkamer bezocht en was pas bij dageraad terug naar zijn eigen kamer geslopen. Toen hij enkele weken later van Isabel vernam dat ze zwanger was, besefte hij eerst niet wat er was gebeurd.

D'Hondecoeter was razend, maar hij gooide Coorte niet uit het atelier. Hij had Coorte nodig. Hij kon het zich niet veroorloven om zich van zijn getalenteerde natuurschilder te ontdoen. D'Hondecoeter was een man die elke dag luidkeels op zijn knieën zijn gebeden sprak voordat hij naar bed ging. Hij had het over schande gehad. Coorte had zijn enige dochter te schande gemaakt en nu moest hij met haar trouwen. Hij sprak geen woord meer tegen Coorte. Hij gaf de instructies voor de schilderijen door een leerling. Het had Coorte gekwetst en hij was nog zwijgzamer geworden dan hij al was. D'Hondecoeter had hem verboden om voor de bruiloft ook maar in de buurt van zijn dochter te komen. Hij had een dienstmeisje opgedragen om dag en nacht over Isabel te waken en ervoor te zorgen dat geen enkele man, en zeker niet Coorte, in haar buurt kwam. Coorte was nachtenlang door Amsterdam gedwaald en had zich zelfs overgegeven aan een hoer om de razernij in zijn lichaam te kalmeren. De gedachte aan vlucht was toen voor het eerst bij hem opgekomen. D'Hondecoeter verscheen steeds minder in het atelier en als hij opdook, rook hij naar de tavernes in de Jordaan waar hij zijn tijd doorbracht. D'Hondecoeter dronk.

Toen de dag kwam dat Isabel het kind zou krijgen, had Coorte pas laat vernomen dat het in de baarmoeder was gestorven. Hij had de hele dag voor D'Hondecoeter's huis gewacht op het nieuws. De vroedvrouw was laat naar buiten gekomen. Ze had haast en had hem de vreselijke doodgeboorte in een paar zinnen beschreven. Ze had de beslissing moeten nemen om het leven van het kind of van de moeder te redden. D'Hondecoeter had voor zijn dochter gekozen nadat hij in de haast erbij werd gehaald. En dus had hij voor de dood van de vrucht gekozen.

D'Hondecoeter had niet gekozen. De natuur had een beslissing genomen. De vrucht was in de baarmoeder van Isabel gestorven. De vroedvrouw had de dode vrucht uit de baarmoeder moeten halen. Het kind was te groot geweest. Veel te groot, had de vroedvrouw gezegd. Ze had een haak, een schaar en verschillende tangen gebruikt. Eerst had ze het hoofd van het lichaam gescheiden. Met grote moeite had ze het via het geboortekanaal eruit kunnen halen. Toen had ze de tang gebruikt om de armen en benen van de romp te scheiden. De rest van het lichaam had ze in verschillende stukken gesneden, zodat ze die ook langs het geboortekanaal naar buiten kon halen. Isabel had de geboorte overleefd. Ze had veel bloed verloren en verloor het bewustzijn, waardoor de ingreep onnodig gecompliceerd werd.

Coorte had in stilte naar de woorden van de vroedvrouw geluisterd en was bij elk detail dat ze hem had toevertrouwd steeds bleker geworden. In diepe wanhoop was hij terug naar zijn kamer geslopen. Hij had zijn spullen gepakt en in de vroege ochtenduren was hij aan boord van de trekschuit naar Haarlem gegaan. Hij had het gevoel alsof hij zelf in stukken was gehakt. Alsof hij in stukken gesneden in een afgelegen zijtak van de Amsterdamse grachten was gegooid.

Hoofdstuk 3

De familie Coorte beschikte over een buitenplaats aan de noordwestkust van het eiland Walcheren, vlakbij het dorp Oostkapelle. Het herenhuis van rode baksteen lag aan de rand van de duinen en had grote ramen. Men kon ver over het land en de omliggende buitenplaatsen kijken. Rijke kooplieden uit Vlissingen en Middelburg hadden in navolging van Versailles uitgebreide siertuinen laten aanleggen. Rechte lanen leidden tot fonteinen of rozentuinen met vijvers vol waterlelies. Sommige kooplieden hielden er groentetuinen op na waarvan de opbrengst hun reeds goed gevulde tafels verrijkten. Sommigen hadden zelfs een boomgaard waarin hun kinderen speelden. Naarmate er meer en meer siertuinen werden aangelegd, konden de bewoners in de zomer van tuin naar tuin lange wandelingen maken. Iedereen wilde weten wat de buurman had staan of welke zeldzame kruiden of bloemen hij kweekte. De bewoners bezochten elkaar of nodigden vrienden uit.

Bij goed weer kon je vanaf het landgoed van de familie Coorte de spits van de Lange Jan, de toren van Middelburg, aan de horizon zien. Men was blij dat men enkele maanden kon ontsnappen aan de stad met haar stinkende grachten. Maar de Lange Jan herinnerde hen er ook aan dat het verblijf op het platteland slechts tijdelijk zou zijn. Vroeg of laat zou het zakenleven hen terugroepen naar de stad.

Aan de achterkant van het huis stond een toren die naar het westen gericht was. Bovenin kon je over de duinen heen een strook van de Noordzee zien. Petronella Van Goch, Coortes moeder, had de buitenplaats in 1679 op een door de stad Middelburg georganiseerde veiling gekocht. De financiën van de stad waren na het faillissement van de wisselbank en nadat de West-Indische Compagnie in 1674 haar schulden niet meer kon betalen in slechte staat. Dus besloten de stadsvaders hun ambachtsheerlijkheden te verzilveren.

Om met haar rijke buren mee te houden, had Coorte's moeder ook een siertuin laten aanleggen. Een ervaren Franse tuinman, Edmond genaamd, werd aangesteld om de tuin te verzorgen. Hij plantte vlier, lijsterbessen, hazelnootstruiken en kastanjebomen, die in de loop der jaren aanzienlijk waren gegroeid.

Er werd afgesproken dat Coorte de linker hoekkamer op de eerste verdieping van het huis zou bewonen. Hij richtte een atelier in en sliep tussen zijn penselen en de geur van olieverf en terpentijn. Dankzij enkele pachtinkomsten uit de gezinspolders in de gemeenten Biervliet en IJsendijke had hij een bescheiden inkomen.

Tijdens de wintermaanden bleef het landgoed grotendeels onbewoond. Alleen Edmond bleef achter en lette op het huis en de siertuin. In de zomer liet de familie Coorte de slechte lucht in Middelburg achter zich. Zij trok met hun bedienden in het huis met de grote ramen. Op sommige dagen veranderde het huis in een vrolijk gezelschap. Men nodigde gasten uit de buurt uit. Men at en dronk. De laatste zaken en zeeroutes van de Oost-Indische Compagnie werden besproken. Michiel, de jongste broer van Adriaen, was erbij betrokken. Jacob Michiel, Adriaens oudste broer, ontving de heren van de admiraliteit. Ook deze heren onderhielden bij Oostkapelle grote buitenplaatsen met uitgebreide Franse tuinen.

Bij mooi weer dineerden ze buiten op het grote terras voor het huis. De heren dronken, genoten van de spijzen en lachten. Op een keer, toen Coorte van een avondwandeling zonder een woord te zeggen het huis binnen wilde sluipen, riepen ze hem bij hen. Men bood hem een stoel aan zodat hij met hen kon drinken. Ik drink niet, zei hij. Hij had het nog maar net gezegd, struikelde over een trede van het terras en belandde plat op zijn buik. Het lachen van de heren van de admiraliteit was te horen tot ver in de naburige tuinen.

Hoofdstuk 4

Coorte had Edmond gevraagd hem een stenen plint te geven. Het was oorspronkelijk als draagvlak voor een tuinbeeld bedoeld, maar men had het vanwege een barst verworpen. Edmond had hem een andere plint willen geven, die geen fout had. Toen Coorte de barst zag, bestond er voor hem geen twijfel dat het precies was wat hij wilde. Hij plaatste de plint op een voetstuk in het midden van zijn atelier. Het diende hem als podium voor de objecten die hij in zijn schetsblok wilde tekenen.

Hij had een schedel en een zandloper in een kist uit Amsterdam meegebracht. Hij maakte verschillende schetsen van deze objecten. Het viel hem niet moeilijk. Hij had deze oefeningen verschillende keren gedaan in het atelier van D'Hondecoeter. Van al de leerlingen was hij een van de beste tekenaars. Met de tekeningen en schetsen wilde hij zich voorbereiden op het schilderen. Hij maakte schetsen van een korenaar, die hij tijdens een wandeling door de velden van Oostkapelle had opgepikt. Hij schetste de blokfluit waarop hij als kind vaak had gespeeld. Hij schetste vellen met muziek uit "Der Fluyten Lust-hof", een verzameling speelwijzen voor blokfluit van de blinde componist Jacob Van Eyck. Uiteindelijk ging hij aan de slag met het maken van schetsen van een boek. Een leerling van het atelier D'Hondecoeter had het onder zijn jas in zijn handen gelegd. Het was een woordenboek van de filosoof Adriaen Koerbagh. Het werd in bepaalde kringen slechts in het grootste geheim doorgegeven. Het boek was verboden.

Coorte tekende zijn objecten altijd vanuit een ander perspectief. Hij maakte studies van hun textuur en oppervlak. Hij bestudeerde hun vermogen om licht op te nemen of af te wijzen. Uiteindelijk begon hij ze op de steenplaat te combineren tot hij een bevredigende compositie en perspectief gevonden had. Hij was nu klaar om het "Vanitasstilleven met schedel en zandloper" te schilderen.

Coorte had meer tijd nodig dan gedacht. De complexiteit van de compositie stoorde hem. Bij D'Hondecoeter had hij vooral planten en bloemen geschilderd. Nu wilde hij zijn eigen composities maken. En hij had een van de moeilijkste onderwerpen gekozen:

het vanitas-stilleven. Hij wilde dode voorwerpen tot leven wekken. Zijn methode was het licht. In Amsterdam had hij schilderijen van de gestorven schilder Rembrandt bestudeerd. Rembrandt was een meester in licht en schaduw geweest.

Coorte experimenteerde met verschillende lichtinvallen. Hij had zwarte gordijnen voor de grote ramen van zijn atelier aangebracht. Hij kon naar believen gebruik maken van het sterke licht dat vanuit de weidse lucht boven Zeeland in zijn atelier scheen. Maar het vanitasbeeld leverde hem problemen op. Soms was de schedel te dominant in de compositie, soms was het het boek van Adriaen Koerbaghs of de zandloper. Hij slaagde er niet in een compositie te maken die in zichzelf rustte en toch vol uitdrukking was. Geleidelijk aan drong het tot hem door hoeveel werk er nodig zou zijn om zijn onderwerp onder de knie te krijgen. Hij liep onrustig van zijn ezel naar de stenen plint en veranderde de positie van de zandloper. Daarna rende hij terug naar het gordijn en vergrootte de spleet die het licht op de plint liet vallen. Wat hij ook probeerde, ofwel was het licht te sterk of de voorwerpen verzonken in de duisternis.

Hoofdstuk 5

In de zomer nam Coorte de maaltijden met de familie, maar voor de nazomer en de herfst werd afgesproken dat hij met de bedienden van het naburige landgoed zou gaan eten. De eigenaar, Caspar Den Duyvel, was een ambtenaar van de stad Middelburg. Hij was een vriend van de familie Coorte. Van op een afstand hield hij de sombere jongeman in de gaten.

De maaltijden in de kelder van de familie Den Duyvel leidden Coorte een beetje af van zijn werk en zijn sombere gedachten. Hij was gedwongen te luisteren naar de roddels en grove grappen van de bedienden. Af en toe konden ze zelfs een glimlach op zijn lippen toveren. Ze hadden afgesproken om gezamelijk zo lang naar hem te kijken totdat hij niet anders kon dan lachen. Het waren eenvoudige mensen die werkten voor een dak boven hun hoofd en een warme maaltijd. Hun taal was ruw en natuurlijk. Ze hadden weinig tafelmanieren en aten met een houten lepel uit dezelfde pot. Sommigen rookten zelfs tijdens de maaltijd. Ze gaven niet veel om de vreemde jongeman met de trieste ogen, die zijn eigen bordje kreeg.

Toen de honger de overhand kreeg, wandelde Coorte naar het naburige huis en ging aan de grote houten tafel zitten. Zijn ogen vielen op de handen van de keukenmeid, die Hendrikje heette. Ze bleef werken terwijl hij met de bedienden at. Ze zette de zware stoofpot op tafel. Ze veegde haar handen schoon aan haar schort toen ze met grote vaardigheid een bosje peterselie had gesneden. Ze nam de grote pan van het vuur, waarin het pluimveevlees van de familie Den Duyvel sudderde en heerlijk rook. De bedienden keken gretig naar hoe ze het gevogelte op de borden verdeelde. Ooit had een van de bedienden een stuk rundvlees te pakken gekregen. Het had hem een klinkende klap van Hendrikje's hand en het brullende gelach van de bedienden opgeleverd.

Coorte at langzaam. Meestal werd hij alleen gelaten aan de grote houten tafel. De bedienden gingen buiten door met hun grappen. Als de zon scheen, deden ze een middagdutje in de boomgaard. Hendrikje sneed een ui in kleine stukjes en veegde met haar hand een traan van haar wang. Ze waste de prei en Coorte keek toe terwijl ze alle tinten groen op het houten bord tevoorschijn toverde. Hij keek naar de vorm van haar borsten, die hem groot leken onder de stof van haar schort. Hij keek naar haar schouders en armen, die sterk en gespierd waren geworden door al het slepen van de potten en het harde werken. Ze had haar mouwen opgerold. Af en toe had hij haar het zweet van haar voorhoofd zien afvegen. Hij keek naar de ronding van haar heupen, haar stevige billen en haar elegante rug. Op een dag had hij toegezien hoe ze haar muts in de bijkeuken had afgenomen. Hij had haar haar gezien dat ze onder haar muts verstopte. Het was donkerbruin haar geweest. Het reikte bijna tot aan haar schouders. Net als zijn eigen haar, dat hij meestal los droeg. Ze was begonnen het met langzame bewegingen te kammen. Coorte had haar gezicht niet kunnen zien. Alleen de langzame beweging van de kam door de haarstrengen had hij gezien. Op een gegeven moment had Hendrikje het hoofd gedraaid en had hem even met open mond aangekeken. De kam was halverwege blijven staan. Toen had Hendrikje de deur van de bijkeuken voorzichtig dichtgedaan.

Hoofdstuk 6

Het werk aan het vanitas-beeld vorderde slechts langzaam. Coorte moest steeds weer correcties aanbrengen, die op hun beurt weer andere correcties noodzakelijk maakten. Het was een strijd die hij zocht, maar ook vreesde. Soms had hij de meester in zijn atelier gadegeslagen terwijl hij worstelde met de composities van zijn jachtstillevens. Soms nam hij suggesties van de jonge leerling over. Maar vaker was hij bereid geweest om compromissen te sluiten. Hij had oudere schetsen van reeds verkochte schilderijen uit de lade gehaald en het nieuwe schilderij volgens het beproefde recept geschilderd.

Dit soort van productie was voor Coorte onbegrijpelijk geweest. Voor hem moest elk schilderij uniek zijn. De onderwerpen mochten dan wel gelijk zijn, de weergave ervan moest steeds opnieuw worden gemaakt. Voor Coorte kon er geen sprake zijn van compromissen of beproefde methodes. Dit onderscheidde hem van de andere leerlingen in het atelier. De meeste schilders oefenden hun beroep uit alsof het ging over het bewaren van wat vroeger reeds was verworven en uitgeprobeerd. Men moest de composities gewoon weer kopiëren. Ze schilderden de stillevens of zeegezichten zoals ze in de afgelopen decennia altijd waren geschilderd. Wat beproefd was en werkte kon men altijd aan de rijke kooplieden kwijt, die hun steeds grotere huizen met steeds meer schilderijen wilden versieren. Het was precies deze verwachting die de productie van schilderijen in gang hield. Sommige schilders lieten schilderijen door hun leerlingen kopiëren, zodat ze ze opnieuw konden verkopen.

Zo'n idee vond Coorte afschuwelijk. Elk schilderij moet een origineel zijn, zei hij. D'Hondecoeter had het atelier soms verlaten met een schouderbeweging toen hij zijn student zag worstelen met een of ander detail op een van zijn jachtstillevens. Doe het zoals steeds, de klant wacht, had hij gezegd, terwijl hij achter zijn leerling stond en toekeek hoe hij schilderde. Een keer had hij een doek zelfs uit zijn handen gerukt. Hij had de distel in de rechter benedenhoek van het schilderij laten afmaken door een andere leerling. Het had Coorte diep beledigd en hij was twee dagen lang niet meer in het atelier verschenen. Sinds het incident beschouwde men Coorte als *moeilijk.*

Zijn talent zichzelf te kwellen leek onmetelijk toe te nemen toen Coorte zijn eigen schilderijen begon te schilderen. Hij kon het niet eens aan zichzelf uitleggen waarom hij nu precies vanitasstilllevens wilde schilderen. Er waren maar weinig schilders in Amsterdam die zich nog met het onderwerp bezighielden. De motieven werden niet als achterhaald beschouwd, maar ze waren een uitdrukking van een tijd die voorbij was. De klanten wilden de sombere beelden niet. Ze wilden schilderijen die het goede leven en de welvaart toonden, zoals de jachtstillevens van D'Hondecoeter. Toen Coorte zijn eerste vanitas-schetsen begon te maken toen hij nog in het atelier van de meester zat, schudden de andere leerlingen alleen maar met hun hoofd. Het sop is de kool niet waard, zeiden ze hem. Maar Coorte luisterde niet naar hen en bleef in zijn schetsboeken zandlopers, schedels, verbleekte kaarsen en verwelkende bloemen tekenen, alsof de dood dichter bij hem stond dan het leven.

Misschien lag het gewoon aan zijn eigen somberheid die hem had begeleid sinds de vroege dood van zijn vader. Het verblijf in de grote stad Amsterdam had hem niet kunnen genezen van zijn melancholie. Integendeel. Iets in hem worstelde met zichzelf. En het trage werk aan het vanitasbeeld met zandloper en schedel leek een uitdrukking te zijn van deze innerlijke strijd. Coorte wist dat hij dit beeld moest schilderen. Waar het hem naartoe zou leiden, wist hij niet.

Tot laat in de nacht zat hij bij kaarslicht voor zijn ezel en staarde naar de kleine compositie die op de stenen plint in het midden van zijn atelier stond. Het waren dode voorwerpen, die op hun eigen manier herinnerden aan de vergankelijkheid van het leven. De korenaar herinnerde hem eraan dat hij op een dag zou overlijden zoals elke plant in de herfst of de winter. De zandloper herinnerde eraan dat de tijd zelf altijd voorbij gaat. Elk uur dat voorbijging zou nooit meer terugkomen. De blokfluit herinnerde hem aan zijn jeugd, die nu een zorgeloos paradijs leek dat voor altijd vergaan was. Hij was op een gegeven moment gestopt met spelen. Hoewel hij nog steeds de muzieknoten had die hij nu probeerde te schilderen, had hij de bundel met Van Eyck's speelwijzen al jaren niet meer geopend. En natuurlijk was de schedel het symbool zelf van de vergankelijkheid. Het herinnerde iedereen eraan dat het leven eindig is en dat als de dood eenmaal is ingetreden, het nooit meer terugkeert. Zelfs het boek dat naast de zandloper lag, leek hem de belichaming van nutteloosheid en dus van de vergankelijkheid van alle dingen. Hij had het ontelbare keren gelezen en had de woorden van de filosoof Adriaen Koerbagh ter harte genomen. Het was een boek dat een poging had gedaan om de betekenis van de vreemde woorden die door magistraten en juristen werden gebruikt, uit te leggen aan het gewone volk.

Alles wat hij tot nu toe had beleefd, leek steeds weer te wijzen op de strijd die hij met het schilderij voerde. En Coorte was moe geworden. Moe van de worsteling met de compositie van het schilderij. Moe van de strijd met zichzelf en moe van de strijd met de tijd, die hem steeds weer leek te ontsnappen. Hij had de gewoonte om laat naar bed te gaan en begon steeds later op te staan. Hij was een nachtmens geworden die alleen nog maar moeizaam kon slapen. Te veel gedachten hielden zijn hersenen bezig en zelfs toen hij ging liggen om te rusten, leek het alsof zijn hoofd hem deze rust niet toestond. Het lichaam was moe, maar het hoofd leek onvermoeibaar te blijven werken. Soms had Coorte gewenst dat hij zijn hoofd had kunnen verwisselen met de schedel op de plint, waarvan de inhoud leeg was.

De nacht met zijn stilte en zijn eenzaamheid was hem meer vertrouwd dan de dag. Deze neiging had hij al tijdens zijn leertijd gehad, maar het werk en de verplichting om in het atelier van de meester aanwezig te zijn, hadden hem gedwongen om op tijd op te staan en een dagleven te leiden, zoals hij het noemde. De gewoonte om 's avonds of zelfs 's nachts te werken was toen in de laatste jaren bij D'Hondecoeter begonnen. Omdat hij geen olieverf en penselen in zijn kamer had, begon hij kleine schetsen te maken. Het kleine formaat leek te passen bij zijn stijl. In het atelier was hij sowieso verantwoordelijk voor de details. Een roos die over een tuinmuur steekt, paddenstoelen aan de rechter benedenrand, plukjes gras aan de rand van een vijver, klimop dat zich langs een sokkel kronkelt, een klaverblad, de veer van een kip op de grond. Het waren de details die de schilderijen met zijn exotische vogels van de meester tot leven brachten. En zo werd hij een specialist in het schilderen van kleine dingen. Soms leende D'Hondecoeter hem zelfs uit aan het atelier van een bevriende schilder, omdat geen van de leerlingen de klimop op een muur naar tevredenheid had kunnen afbeelden.

Soms werd Coorte midden in de nacht wakker, ook al had hij misschien net twee of drie uur geslapen. In het begin bleef hij in bed en draaide hij zich heen en weer, in de hoop de slaap terug te vinden. Als hij daar niet in slaagde, stond hij op, stak een kaars aan en liep onrustig rond in zijn kamer, alsof hij op die manier moe kon worden. Sommige nachten ging hij voor de ezel zitten, pakte zijn penselen en ging verder met schilderen waar hij een paar uur eerder was gestopt. Pas toen de zon boven de horizon begon op te komen en in het atelier begon te schijnen, voelde hij de vermoeidheid. Hij begon te gapen, zette de borstels weg, sleepte zich naar bed en stond pas 's middags weer op.

Nu hij alleen nog maar *voor zichzelf* schilderde, zoals hij het noemde, en niemand verwachtte dat hij op tijd in het atelier zou komen, was de gewoonte om laat op te staan alleen maar toegenomen. Zijn familie had geleerd hem met rust te laten. Coorte verscheen pas tegen de middag, als hij al verscheen. Hij verbleef vaak in zijn kamer, las of droomde. Hij begon meestal aan het werk in de late namiddag, wanneer de zon achter het huis stond en er alleen daglicht in het atelier scheen. Toen het licht in het huis zachter en langzamerhand rustiger werd, begon Coortes hoofdtijd.

Toen het vanitas-schilderij eindelijk klaar was, plaatste hij het met de beeldkant tegen de muur en begon meteen een nieuw vanitas-schilderij te schilderen. Toen dit ook klaar was, plaatste hij het ook tegen de muur en keek er niet meer naar. Het was alsof hij zich van een zware last had bevrijd. Coorte begreep dat hij nooit een schilder van vanitas-stillevens zou zijn.

Hoofdstuk 7

Er was een jaar verstreken. De winter was erg koud geweest en er was veel sneeuw gevallen, net als in de jaren daarvoor. Toen de zon eindelijk over Zeeland begon te schijnen, stonden de tulpen en hyacinten in de Franse tuinen in bloei. De schaakbloem kwam tevoorschijn en vervolgens de anjers en uiteindelijk de gladiolen. En ook in Edmond's tuin begon het van alle kanten te sprieten. In de hagen en struiken kon je het gefluit van de mussen horen. De leeuwerikken weerklonken uit de bomen. Al snel verschenen uit het niets de eerste vlinders. In de groentebedden groeiden de sla, de prei, de bonen en de bloemkool.

Op een dag, toen de bedienden zich buiten vermaakten, veegde Hendrikje haar handen schoon aan haar schort en verdween in de bijkeuken. Enkele ogenblikken later kwam ze naar buiten en plaatste ze een aardewerken kom voor de neus van Coorte. Hij was vol met verse aardbeien.

"Deze zijn voor jou."

Zoals gewoonlijk verscheen er niets meer dan een verlegen glimlach op Coortes lippen en hij verdween met de kom in zijn atelier. Hij plaatste hem op een kleine houten tafel die tegen de muur stond. Hij werkte er soms aan om er 's avonds schetsen te maken of te lezen in het licht van een kaars. Hij nam een van de aardbeien tussen zijn vingers en ging op zijn bed zitten om hem op te eten. Toen hij het naar zijn lippen bracht, vielen zijn ogen op de aardewerken kom die tegen de muur stond. De rode aardbeien contrasteerden goed met de aardebruine kleur van de kom, vond hij. Hij hield de aardbei voor zich en begon er goed naar te kijken. Het was een scharlaken-aardbei, had Hendrikje hem verteld. Coorte kende de soort. Hij had het meerdere malen gegeten in Amsterdam en had het geschilderd. Hij ging voor het raam van het atelier staan en keek er in het licht naar. De aardbei was nog niet helemaal rijp. Hij had gele vlekken, die het scharlakenrood van de rijpe delen goed weergaf. Coorte weerstond de verleiding om er in te bijten en legde hem terug in de kom, die tot barsten toe vol was, alsof Hendrikje hem meer aardbeien had willen geven dan de kom kon bevatten. Hij plaatste ze op de plint in het midden van het atelier, sloot de gordijnen, totdat er alleen nog maar een strookje licht op de aardbeien viel.

Hoofdstuk 8

Als Coorte de spits van de Lange Jan uit het raam van zijn atelier zag, dacht hij aan zijn vriend Pieter Bustijn. Hij was de organist van de Nieuwe Kerk in Middelburg. Af en toe ging hij naar hem toe. De wandeling van Oostkapelle naar Middelburg duurde ongeveer twee uur. Hij nam meestal de Noordweg, die van Sint-Laurens via Serooskerke naar de noordelijke poort van de stad Middelburg leidde. Die straat was aangelegd voor de eigenaren van de buitenplaatsen die erlangs lagen. Hij liep langs de uitgestrekte siertuin van de boerderij Rijnsburg en het oude parochiehuis Noordhout. Na een uurtje wandelen bereikte Coorte de boomgaard van het "Huys Om". Tot nu toe liep hij vooral langs eiken en wilgen, maar zodra hij de buitenste rand van het "Huys Om" had bereikt, stonden er essen aan de kant van de weg. Hij stopte vlak voor de laan en keek vanaf de rand van het landgoed naar de buitenplaats, die omgeven was door een vierkante wal. Iets later bereikte hij eindelijk de waterburcht "Popkensburg", die vroeger toebehoorde aan de edelen van Bourgondië, maar nu eigendom was van de koopman Johan Boudaen Courten. Hier was de Noordweg bekleed met iepen en wilgen. Aan de horizon kon Coorte de stadsmuur van Middelburg al zien.

Pieter Bustijn woonde met zijn vrouw Apollonia, hun vijf kinderen en zijn vader in een huis in de Nieuwstraat. Hij was meer dan tien jaar ouder dan Coorte. Maar dit verschil in leeftijd had geen rol gespeeld in de vriendschap tussen de twee kunstenaars. Sinds zijn terugkeer in Walcheren had Coorte doordeweeks vaak alleen in de Nieuwe Kerk gezeten en had naar de oefenende organist zitten luisteren. Hij had het orgelspel gehoord toen hij toevallig langs de Nieuwe Kerk kwam en was tegen zijn gewoonte in de kerk binnen gegaan. Hij was bijna leeg zoals alle kerken in de Verenigde Provincies. Coorte was naast een zuil gaan zitten, had zijn ogen gesloten en had naar de muziek van de organist geluisterd. Het leek hem anders te klinken dan de gebruikelijke koralen van de meeste gemeentes. Toen hij een tijdje had geluisterd, kwam het bij hem op dat de organist niet aan het oefenen was. Hij improviseerde. De eerste keer dat Coorte naar het spel van de organist luisterde, zat hij er meer dan een uur. Hij had er een gewoonte van gemaakt om bij elk bezoek aan zijn moeder in Middelburg naar de Nieuwe Kerk te gaan. De voorgewende vroomheid van veel kerkgangers kon hij niet uitstaan, maar hij werd altijd aangetrokken door het orgelspel, alsof hij hier iets hoorde dat hem aan zijn eigen werk deed denken. Hij begon vaker naar Middelburg te gaan en in plaats van zijn moeder te bezoeken, ging hij direct naar de Nieuwe Kerk om naar het spel van de organist te luisteren.

Op een gegeven moment had Pieter Bustijn de jongeman met de bruine krullen opgemerkt. Eerst dacht hij dat hij kwam bidden. Maar toen hij hem herhaaldelijk aan dezelfde pijler van het schip zag zitten, begreep hij dat hij voor zijn orgelspel was gekomen. Op een dag riep hij hem naar boven tot op het orgelbalkon. Zo begon de vriendschap tussen de twee kunstenaars. Coorte werd een vaste gast van de familie Bustijn in de Nieuwstraat in Middelburg.

Toen Coorte de stoffige landweg van Oostkapelle naar Middelburg had afgelegd, kreeg hij bij aankomst een glas Portugese wijn aangeboden. Het huis van de organist was vol leven. Collega's en studenten van Pieter kwamen en gingen. Er werd gerepeteerd, onderwezen en er werd veel gelachen, gegeten en gedronken. Muzikanten waren vrolijke mensen die graag lachen en die naast hun spel ontelbare grappen in petto hadden waarmee ze indruk probeerden te maken op hun collega's en op iedereen die ze wilde horen. Pieter Bustijn wist de besten om zich heen te verzamelen. Ze behoorden tot het Collegium Musicum waarvan Pieter de dirigent was. In zijn contract stond dat hij deze activiteit zou uitvoeren naast zijn functie als organist. En hij deed het graag.

Coorte voelde zich op zijn gemak tussen de muzikanten, hoewel hij nauwelijks deelnam aan hun discussies aan de rijkelijk gevulde keukentafel in het Bustijnhuis. Zoals gewoonlijk zat hij in stilte op zijn stoel. Na de repetitie, toen de muzikanten met elkaar streden om de grofste grappen, trok hij alleen maar een gezicht. Na een tijdje stuurde Pieter ze allemaal naar huis en de twee vrienden trokken zich terug in de muziekkamer. Het lag op de eerste verdieping van het huis met de grote ramen. Je kon de koperen kroonluchter, waarvan de kaarsen tot laat in de nacht brandden, zien als je beneden in de Nieuwstraat stond. Hier gaf Pieter Bustijn les aan zijn leerlingen. Er was een huisorgel, een spinet en in de hoek stond zijn virginaal. Verschillende luiten en violen hingen aan de muur. Pieter had ook een viola da gamba en een theorbe.

Als Coorte op bezoek kwam, zette Pieter zich aan het tweeklavierenklavecimbel dat de Antwerpse familie Ruckers had gebouwd. Coorte had het zich comfortabel gemaakt op een stoel met een armleuning. Zijn hoofd rustte in de palm van zijn hand en meestal sloot hij zijn ogen. Hij luisterde naar het klavecimbelspel van zijn vriend. Pieter Bustijn verheugde zich erop als zijn vriend op bezoek kwam. Hij vond het fijn dat hij in stilte naar hem luisterde. Coorte kon urenlang naar de improvisaties van zijn vriend luisteren zonder een woord te zeggen. Hij gaf ook geen enkel teken van goedkeuring en oordeelde niet over wat hij zojuist gehoord had. Dat beviel zijn vriend. Coorte kon zich volledig onderdompelen in zijn improvisaties en na een tijdje was Pieter vergeten dat er iemand in een donkere hoek van de muziekkamer naar hem luisterde. Het was bijna alsof deze stille luisteraar een tweede instrument was dat zijn muziek meer diepgang gaf dan wanneer hij alleen improviseerde.

Hoewel Pieter Bustijn liever improviseerde, schreef hij toch af en toe enkele motieven of muzikale ideeën op in een muziekboekje. Zo ontstonden geleidelijk aan de negen suites voor klavecimbel. Coorte hield van de vijfde suite in sol mineur. Hij hield vooral van het vierde deel van de suite, de Sarabande. Zijn langzame beweging en de vertraagde cadenzen leken iets in hem op te roepen dat in zijn ziel resoneerde. Tegelijkertijd had hij het gevoel dat de ornamenten die Pieter met zijn rechterhand maakte, schreeuwden om iets wat hij niet in woorden kon uitdrukken. Hij had Pieter het liefst mee naar huis genomen met zijn klavecimbel. Hij zou de Sarabande voor hem spelen elke keer als hij niet verder kwam met zijn werk, dacht hij.

Hoofdstuk 9

Toen Hendrikje wilde weten of hij de aardbeien lekker had gevonden, antwoordde Coorte dat hij ze niet kon eten, omdat hij ze moest schilderen. Het was de eerste keer dat Hendrikje haar werk onderbrak. Ze veegde haar handen schoon aan haar schort en stond voor hem alsof ze niet kon geloven wat Coorte net had gezegd. Maar ze zei niets en keek naar de jongeman, wiens blik naar beneden was gericht. Hij keek naar de preisoep die ze voor hem had klaargemaakt.

Tegen de avond werd er op de deur van zijn atelier geklopt. Het was Hendrikje. Waar haalde ze de moed vandaan om naar zijn huis te komen? Ze wreef haar handen en keek naar de vloer. Toen ze eindelijk haar hoofd oprichtte, keek Coorte in haar ogen, alsof hij wilde controleren of ze het wel echt was. Hij had nog nooit een vrouw op bezoek gehad in zijn atelier. Hij leefde als een kluizenaar en nu was Hendrikje gekomen. Tot nu toe had, afgezien van zijn broers, bijna niemand hem bezocht in zijn atelier. De broers hadden geen oog voor wat hij schilderde. Ze wilden alleen maar zien of hij niet met ondeugende dingen bezig was.

Hij liet haar binnen zonder een woord te zeggen. Hendrikje was ouder dan Coorte. Ze was nooit getrouwd en had geen kinderen. In de loop van haar drukke leven had ze steeds weer minnaars gehad, maar geen enkele was gebleven. Meestal was zij het geweest die het verhaal na korte tijd had beëindigd. Hij is gewoon een nietsnut, zei ze altijd.

Toen ze de verduisterde kamer binnenkwam, viel haar oog op de kom met de aardbeien. Het fruit had zijn verse blos verloren en begon al wat te ruiken. Ze zou naar beneden gaan en hem verse aardbeien brengen, zei ze. Ze nam de kom van de plint en verdween. Coorte liet het gebeuren. Normaal gesproken zou hij nooit hebben toegestaan dat iemand de objecten die hij aan het schilderen was ook maar aan zou raken. Maar in Hendrikje's geval overviel hem een vreemde passiviteit, die hij niet kon verklaren. Toen ze even later weer aan zijn deur klopte en de kom met verse aardbeien tussen haar handen en borsten vasthield, liet hij haar weer binnen zonder een woord te zeggen. Toen de verse aardbeien op de plint stonden, nam Coorte plaats achter zijn ezel en zette zijn werk voort alsof er niets was gebeurd.

Hendrikje kwam dichterbij en keek naar het schilderijtje dat Coorte met een klein penseel op een stukje papier schilderde. Hij had het vastgepind op een bord en leek erg traag te vorderen. Coorte schilderde langzaam. Heel langzaam. Hij doopte het penseel in een potje verf en leidde het vervolgens, met een onwaarschijnlijke gelijkmoedigheid naar de plek waar hij aan het schilderen was. Hendrikje moest dichterbij komen om het te zien. De aardbeien op het beeld waren bijna zo groot als de aardbeien voor hem op de plint. Sommige van hen leken nog onrijp, alsof ze te vroeg waren geplukt. Coorte bracht een beetje schietgeel aan op een aardbei. Hij had de kleur zelf gemaakt van bessen van sporkehout die in de duinen achter het huis groeiden. De aardbei waar hij aan schilderde, was blijkbaar uit de kom gevallen. Hij was naar de rand van de plint gerold en was bijna op de grond of in het niets gevallen. Onder de plint was er alleen een donkere leegte. Hendrikje keek aandachtig toe terwijl Coorte met het grootste geduld aan deze enkele aardbei werkte. Nadat hij het gele vlekje tot zijn tevredenheid had afgewerkt, nam hij nog een penseel, doopte het in een potje kobaltblauw en begon vervolgens een kleine schaduw op de plint te schilderen, die de aardbei door het licht wierp. Hendrikje bleef naar de volle kom kijken die ze hem net had gebracht, maar er lagen geen aardbeien op de plint zelf. Ze zaten allemaal in de kom. Waarom had Coorte er dan een geschilderd die er blijkbaar af was gevallen, ook al was het niet gebeurd? Ze bleef over deze vraag tobben, maar durfde niet te spreken uit angst om Coorte te storen. Ze durfde zelfs nauwelijks te ademen. Zo stil was het in het atelier van Coorte, dat naar terpentijn en olieverf rook.

Het waren vreemde geuren voor Hendrikje's neus. Ze kende de geuren van de tuin, de bloemen en de groentes. En natuurlijk kende ze alle geuren van haar keuken. De geuren van de vleesgerechten, de geuren die de verschillende vissen die ze voor de familie Den Duyvel bereidde, veroorzaakten. En natuurlijk de geuren van haar kruiden die ze gebruikte om de groenten en het vlees op smaak te brengen. De geuren van rozemarijn, peper, salie en zout. Ze kende de geuren van de restjes die ze op de stapel in de tuin gooide. De geuren van rottende peren, beschimmelde kaas, de geuren van rot vlees of rotte appels. De doordringende geur van olieverf en de bijtende geur van terpentijn waren nieuw voor haar. Het was alsof haar neus haar toegang gaf tot een voor haar onbekende wereld. De wereld van Adriaen Coorte. De wereld van de kunstenaars, van de schilders. Het was voor haar onbegrijpelijk dat Coorte dag in dag uit kon leven met deze doordringende geuren van de verschillende tincturen. Hij moest ze ook 's nachts verdragen, omdat zijn bed in een hoek van de donkere kamer stond. In het begin had ze het nauwelijks aangedurfd om naar het bed te kijken. Maar beetje bij beetje begonnen haar ogen in het atelier van de schilder rond te dwalen.

Op een gegeven moment keek ze naar het onopgemaakte bed, alsof Coorte er net uit was gestapt toen ze binnenkwam. Het was een groot bed, dacht ze, voor een jongeman die alleen woont. De houten kist was eenvoudig en had geen luifel of gordijnen. Het stond vrij in de kamer alsof Coorte geen onderscheid maakte tussen zijn werk en zijn slaap. Hendrikje keek naar de vreemde zwarte en zware gordijnen die Coorte voor de grote ramen had aangebracht. Waarom liet hij niet gewoon het licht in zijn kamer schijnen? Ze keek naar wat doeken, of waren het gewoon houten planken? Ze stonden met hun rug tegen de muur op de vloer geplaatst. Waarom zette hij zijn schilderijen tegen de muur zonder ze op te hangen zoals Caspar Den Duyvel in zijn huis had gedaan? Diens muren waren vol met landschappen, schilderijen van schepen op zee, stillevens met weelderig fruit, groenten en vis. Al deze schilderijen waren haar bekend, hoewel ze niet vaak de keldertrap naar het familiehuis had beklommen. Haar taak was in de kelder en het was aan de bedienden om het eten naar de eetkamer te brengen. Af en toe, op dagen dat er bijna niemand thuis was, was ze de keldertrap op geklommen en keek ze verbaasd naar de schilderijen in het trappenhuis. Ze herkende veel dingen. Natuurlijk de stillevens, waarvan de rijkelijk gevulde tafels haar aan haar eigen werk deden denken. Als Zeeuwse kende ze natuurlijk ook de zee. Als kind had ze met haar broers en zussen op het strand van Oostkapelle gespeeld. En de kinderen hadden altijd met grote ogen gekeken toen een vloot van de Nederlandse marine het eiland omzeilde en koers zette op Vlissingen.

Maar weinig van dit alles was te zien in Coorte's atelier. Coorte had geen enkel schilderij opgehangen, ook al was hij schilder. Er was alleen de ezel, waarop een kleine houten plank was gemonteerd met het eenvoudige beeld met de aardbeien. *Haar* aardbeien. Er waren een paar spullen. Aan de muur tegenover het bed stond een houten kast waarop Coorte zijn donkerbruine hoed had geplaatst. Ze kende de hoed. Hij droeg hem altijd als hij naar haar toe kwam in de kelder. Het was een hoed met een linkerrand naar boven en de rechterrand naar beneden. Er waren niet veel heren in Zeeland die zo'n hoed droegen. Maar Hendrikje dacht dat het hem goed uitkwam. Een hoed waarvan de rand volledig was opgedraaid, zou hem niet zo goed hebben gestaan, vond ze. Dat was een hoed voor edele heren of voor magistraten. Maar Coorte behoorde niet tot hen. Zijn smalle gezicht met zijn mooie bruine krullen zou er niet goed hebben uitgezien onder zo'n hoed.

Coorte had kaarsen moeten halen omdat het donkerder was geworden. Hoewel Hendrikje naast hem stond, leek hij vastbesloten om door te gaan met schilderen. Hij had haar niet eens een stoel aangeboden. Nadat ze met verse aardbeien was teruggekomen en ze op de plint had gelegd, had Coorte achter zijn ezel plaats genomen en het werk hervat alsof hij alleen in het atelier was. Hendrikje had in het begin niet geweten wat ze moest doen. Ze durfde niet weg te gaan en durfde ook niet met hem te praten. Ze was gewoon blijven staan. Zoals gewoonlijk zei hij geen woord. Het enige wat te horen was, was het zachte deppen van het penseel op het papier. Hendrikje voelde angst. Ze begon onnodig over haar vermoeide vingers te wrijven, alsof ze de spanning die ze op deze manier voelde, kwijt wilde. Coorte had even naar haar gekeken toen ze met de kom kwam. Zijn blik had verbazing geuit. En ze had zijn blik teruggegeven met dezelfde verbazing, alsof ze elkaar voor het eerst zouden aankijken. Geen van beiden was erin geslaagd om iets te zeggen. Ze had haar hart horen kloppen. Toen ze de trappen naar zijn atelier beklom, had ze gemerkt hoe opgewonden ze was. Ze was bijna met de aardbeien gestruikeld. Toen ze weer op zijn deur klopte, was haar borstkas sterk gestegen en gedaald. Ze wist niet zeker of Coorte het had gemerkt. Hij had sowieso de gewoonte om met zijn indringende blik alles te noteren zonder een woord te zeggen. Alsof hij alles zag en begreep. Nu stond ze in zijn atelier en het ontbrak haar aan woorden voor wat ze voelde.

Toen het donker was geworden en Coorte de kaarsen had aangestoken, had ze de vermoeidheid gevoeld. Ze had de hele dag gekookt. Haar handen deden pijn van het snijden van de prei en de uien. Aan het einde van elke werkdag kon ze nauwelijks een mes vasthouden zonder pijn in haar vingers te voelen. Haar rug deed pijn van alle potten die ze moest dragen. Potten die ze op het vuur had moeten zetten en potten die ze uit het vuur had moeten halen. Potten die meerdere malen per dag werden gewassen en aan de haken moesten worden opgehangen. Potten die altijd vies waren en alleen door haar handen en vingers gewassen konden worden. Potten die gevuld moesten worden met water. Het water moest worden gehaald uit de put die zich op de binnenplaats bevond. Potten waarvan de handvatten roodgloeiend waren van het vuur en die alleen met zorg uit het vuur konden worden gehaald. Bijna de hele dag stond het zweet op haar voorhoofd. Nadat iedereen had gegeten, ging ze alleen in haar keuken zitten en nam ze een bord en vulde het met de restjes van de maaltijd. Al tijdens de maaltijd had ze de behoefte om haar hoofd op de houten tafel te leggen en te slapen.

Ze voelde pijn in haar handpalmen en duimen van het kneden van het deeg. Er moest brood worden gebakken. De familie hield ervan om broodjes en taarten te eten. Sommige dagen voelde ze de pijn in de botten van haar handen. Ze had de gewoonte om na het kneden haar handen in een kom met lauw water te leggen, die ze al tijdens het bakken naast het vuur had geplaatst. Voor het ontbijt was er brood, dat 's morgens vroeg moest worden gebakken. Hendrikje was gewend om vroeg op te staan. Ze voelde in de late namiddag al de behoefte om te rusten.

Haar ogen waren langzaam toegevallen toen ze nog stond. Ze begon rustiger te ademen en was geleidelijk aan achteruit gegaan naar de hoek van de kamer waar Coorte's bed stond. Toen ze ging zitten, had het hout van de bedlade gekraakt. Coorte had even opgekeken en zich omgedraaid. En toen had hij haar met dezelfde verbazing in zijn ogen bekeken als toen ze binnenkwam. Zijn mond was half open geweest toen hij zich omdraaide. Hendrikje had hem met een mengeling van ontzetting en vermoeidheid aangestaard. Coorte had weer geen woord meer gezegd, had zich omgedraaid en was verder gegaan met schilderen. Op een gegeven moment was Hendrikje op Coorte's bed gaan liggen en keek ze met slechts één oog toe terwijl hij voor zijn ezel zat en het penseel in de verf dompelde, om het vervolgens naar het kleine plaatje te leiden. De kaarsen waren al bijna uitgebrand en leken nog nauwelijks licht te geven. Maar Coorte leek onvermoeibaar te willen werken. Op een gegeven moment was het penseel nog het enige dat te horen was. De ogen van Hendrikje waren gesloten. Ze was in slaap gevallen.

Toen het al diep in de nacht was, stond Coorte op en waste zijn borstels met wat water en terpentijn, dat klaar stond in een pot. Hij nam de laatste kaars die nog brandde en keek naar zijn bed, waarin Hendrikje in een diepe slaap lag. Hij keek naar haar in het licht van de kaars. Ze had haar hoofd op haar hand gelegd en was vergeten haar muts af te doen. Ze had het niet aangedurfd om het op Coorte's kussen te leggen. Het leunde nog steeds tegen de achterste wand van de bedlade, net zoals hij het op het middaguur had achtergelaten. Hij had lang gelezen voordat hij was opgestaan. Hij vroeg zich even af of hij in de andere hoek van de kamer op de grond moest gaan liggen. Maar toen keek hij opnieuw naar het vredige lichaam van de vrouw die geweigerd had zijn atelier te verlaten. Hij had haar moed bewonderd zonder het te kunnen zeggen. En toen voelde hij de behoefte om zich tegen haar rug aan te knuffelen. Hij plaatste de kaars voor het bed, kroop rustig in het bed en ging langzaam tegen Hendrikje's rug liggen. Hij hoorde haar diep in- en uitademen toen zijn borst haar rug raakte. Hij wachtte een tijdje, maar ze leek nog dieper te slapen, alsof ze had gewacht tot hij eindelijk zou komen. Zijn knieën zaten in de holte van haar knie. Zijn geslacht raakte de warmte van haar achterste. Hij kroop nog dichter bij haar totdat hij haar warmte over zijn hele lichaam voelde. Er ging een lichte beving door Hendrikje, alsof ze droomde in haar slaap, maar ze werd niet wakker. Toen ze eindelijk weer rustig werd, blies Coorte de kaars uit.

Vanaf nu bracht Hendrikje hem twee keer per week verse aardbeien, zodat hij het schilderijtje kon afmaken. Toen het klaar was, liet Coorte het aan zijn vriend Pieter Bustijn zien. Hij keek er lang naar en zei toen dat hij het erg goed vond. Hij vroeg hem om het een tijdje te mogen houden, zodat hij het elke dag kon zien. Dit verzoek werd ingewilligd.

Hoofdstuk 10

In een speciaal ingerichte kamer aan de achterkant van het huis had Coorte's moeder een rariteitenkabinet ondergebracht, dat ze de *wonderkamer* noemde. Het bevatte de schelpencollectie van wijlen haar man Cornelis Coorte. De schelpen die hij in de loop der jaren had verzameld, lagen op houten planken en achter glaskasten. Hoewel hij zelf nooit ter zee was gegaan, hadden zijn vrienden van de Nederlandse Oost-Indische Compagnie hem de zeldzaamste exemplaren meegebracht. Uit een gril was in de loop der jaren een indrukwekkende collectie ontstaan, die hij graag aan zijn gasten liet zien. Hij voerde ze met trots door zijn collectie in IJzendijke en wist bij elk stuk een mooi verhaal te vertellen. Toen hij stierf en Coorte's moeder met haar drie kinderen naar Middelburg verhuisde, mocht niemand nog de wonderkamer in. Coorte's moeder beschouwde hem als een plaats die alleen bestond om haar overleden echtgenoot te herdenken.

Als kind was Adriaen herhaaldelijk in de wonderkamer van zijn vader in IJzendijke binnengeslopen. Hij kon er niet genoeg van krijgen om naar al die vreemde creaties te staren die de zee had gevormd. Hij was gefascineerd door de kleuren van de schelpen. Hij kon urenlang naar ze kijken zonder ze aan te raken.

Na de dood van hun vader hadden Coortes broers weinig belangstelling voor de collectie getoond. Ze dachten eraan om hem te verkopen, maar zolang hun moeder leefde, lieten ze dat plan varen. Zo bleef de wonderkamer bewaard en werd hij afgesloten met een grote ijzeren sleutel. Alleen Coorte's moeder en Edmond wisten waar hij zich bevond. Het had Coorte enige moeite gekost om Edmond te overtuigen om hem de sleutel van de wonderkamer te geven. Edmond was in loondienst van de familie. Zijn relatie met de familie was goed, maar niet zonder dienstbaarheid. Hij aarzelde toen de jonge Coorte om de sleutel vroeg, maar gaf hem uiteindelijk toch omdat hij begreep dat Coorte graag de collectie van zijn overleden vader wilde zien.

Toen Coorte de sleutel in het slot van de kamer stak, die al jaren op slot was, had hij het gevoel dat hij toegang kreeg tot een geheime schatkamer. Zodra hij de sleutel had omgedraaid en de oude houten deur openging, werd hij verrast door de avondzon die binnen scheen. Hij kon de planken en de zeeschelpen die erop rustten nauwelijks zien. Omdat de kamer in het zuidwesten van het huis lag, scheen de ondergaande zon er direct in. Pas toen hij de houten deur achter hem had gesloten en een paar stappen op de brede houten vloerplanken had gezet, herkende hij geleidelijk aan de vreemde voorwerpen die op de rekken waren tentoongesteld. Het was erg stil en het leek wel alsof hij de schelpen had laten schrikken met zijn plotselinge verschijning. Sinds Coorte's moeder de collectie daar had ondergebracht, was ze door geen mensenhand meer aangeraakt. Het was alsof ze al jaren op hun schappen stonden te wachten, of alsof ze in een soort winterslaap waren gegaan. Coorte hield van dit soort stille mysterie dat bij de schijnbaar dode dingen hoorde. Nadat zijn ogen aan het plotselinge licht gewend waren, begon hij voorzichtig langs de oude planken te gaan die zijn moeder in het midden en langs de muren van de kamer had geplaatst.

Coorte voelde zich herinnerd aan zijn kinderjaren. Op sommige zondagen had zijn vader hem in de kamer in IJzendijke toegelaten op voorwaarde dat hij alleen zou kijken. Hij mocht geen enkele van de schelpen aanraken, laat staan in zijn handen nemen. De collectie lag hem zo nauw aan het hart. Coorte had zich altijd aan dit verbod gehouden. Soms had hij urenlang op de houten vloerplanken gezeten en had in een van de onderste planken gestaard waar honderden kleine schelpjes waren opgeslagen. Coorte vroeg zich af waar zijn vader de tijd had gevonden om al deze schelpen te verzamelen tijdens zijn korte leven. Soms lag hij plat op zijn buik, met zijn ellebogen op de grond en keek naar de kleine wonderwereld die daar op de onderste planken lag te fonkelen. Het was alsof deze kleine schelpen alle kleuren van de wereld in zich droegen.

Uiteindelijk had de stem van zijn vader hem uit zijn droom gerukt. Adriaen! Het was zijn naam geweest die langs de trap naar de kamer had geklonken.

Terwijl Coorte langzaam door de kamer begon te gaan, keek hij opnieuw naar de schatten van de collectie. Geen enkele hand had ze aangeraakt sinds zijn moeder ze daar voor de laatste keer had geplaatst. Alsof het verbod van zijn vader nog steeds van toepassing was. Zijn oog bewoog zich langzaam over de afzonderlijke schelpen, die, verlicht door het zonlicht, op de donkergroene houten planken lagen. Ieder had een nummer dat Cornelis Coorte in een boek had opgeschreven. Het verwees naar de oorsprong van de schelp. De papieren etiketten met de nummers zagen er vervaagd uit. Op sommigen was het nummer nog nauwelijks leesbaar. Coorte veegde met zijn wijsvinger over het groene houten oppervlak van de plank, waarvan de kleur nauwelijks zichtbaar was door de dikke laag stof. Het was alsof hij met zijn hiel een diep spoor in het zand van de Zuidzee had getrokken. In tegenstelling tot de zeelieden was hij nog nooit op zo'n strand geweest. En hij wist dat dit ook nooit zou gebeuren. Het volstond om te kijken naar de schelpen die de matrozen hadden meegebracht van hun lange reizen naar de Zeven Verenigde Provinciën.

Er lag ook een dikke laag stof op de buitenkant van de schelpen, maar de binnenkant leek nog steeds te glimmen in alle kleuren van de regenboog, alsof het stof niet aan het binnenste van de schelp kon. Nadat hij het stof aan zijn wijsvinger op zijn broek had weggeveegd, nam hij een trochidae die op de bovenste plank van een rek lag en hield hem vast in het licht van de zon. Het was de eerste keer dat hij een van de schelpen in zijn handen had. Het leek wel of hij de stem van zijn vader van onderaf kon horen. Hij wachtte even, maar er was niets dan stilte. In het hele huis en ook in de kamer was niets te horen behalve zijn eigen stap op de houten vloer. Coorte blies de stoflaag van het oppervlak. Het stof wervelde op, werd even verlicht door het zonlicht en begon dan langzaam op de grond te vallen. De trochidae was kleiner dan zijn hand en zijn zwart-witte buitenkant kwam weer tevoorschijn, net zoals hij dat als kind had opgemerkt. Coorte bewonderde de schoonheid van zijn vorm en zijn heldere kleuren. Hij bewoog zijn wijsvinger langzaam over het oppervlak, alsof hij de textuur ervan nog beter wilde voelen dan hij alleen maar kon waarnemen. Het was een oefening in D'Hondecoeters atelier geweest. De meester had zijn leerlingen ingeprent dat ze niet alleen naar een voorwerp, een dier, een plant moesten leren kijken, maar ook met eigen handen moesten leren voelen, alsof ze op die manier de ware essentie van de dingen konden ontdekken. Het verbod van zijn vader gold niet meer na zijn dood. Toch had hij ontzag voor de collectie. Hij wist van de bedragen die zijn vader had betaald voor sommige schelpen. Ze waren begeerd.

Toen hij de trochidae in het licht van de zon vasthield, zag hij het parelmoer van binnenuit schijnen. Coorte dacht aan zijn nachtelijke lezing van Koerbagh's boek. Koerbagh identificeerde God met de natuur. Er was niets goddelijks behalve de natuur en de zichtbare dingen van deze wereld. Daarom was elk schepsel, zelfs de kleinste schelp in de collectie van zijn vader, geen uitdrukking van de goddelijke schepping, zoals theologen beweerden. Elk object uit de natuur *was* God. En daarom was de trochidae slak die hij in zijn handen hield niet alleen een symbool of een gelijkenis van de goddelijke schepping. Het was God zelf, zoals alles in de natuur dat hem omringde. De wonderkamer en de collectie waren God. De dingen zelf in hun onuitputtelijke verscheidenheid en rijkdom waren Hem. Afgezien van hen was er niets dat als goddelijk wezen hoefde te worden beschouwd. Er was geen wereld achter deze zichtbare wereld. De zichtbare wereld was alles wat er was volgens Koerbagh.

En dat was genoeg, dacht Coorte, want hij draaide de trochidae in alle richtingen om het oppervlak, de kleuren en de textuur van het lichaam te bestuderen. Meer dan genoeg. De onmetelijke rijkdom van de natuur was meer dan wat enig menselijk oog ooit kon bevatten. Het bevatte talloze wezens, vormen en kleuren. Eén mensenleven was niet genoeg om het als geheel te begrijpen. Zelfs als je je hele leven zou spenderen aan het verzamelen van zelfs maar één soort, zoals zijn vader had gedaan, zou het niet genoeg zijn om ze volledig te leren kennen. Was dit niet voldoende bewijs dat de natuur onmetelijk en dus goddelijk was?

En daarom bevatte deze schelp alles wat men moest of kon weten over de goddelijke natuur. Elk object vertegenwoordigt niet alleen de goddelijke natuur. Het *is* de goddelijke natuur, had Koerbagh gezegd. En daarom is het compleet en perfect. Er hoeft niets te worden toegevoegd. De waarneming van een eenvoudige schelp is genoeg om de goddelijke natuur te begrijpen.

Coorte had deze woorden, deze in de Zeven Verenigde Provinciën verboden woorden, honderden keren gelezen. Hij had ze gewikt en gewogen, maar had dan moeten toegeven dat hij ze niet had begrepen. Maar toen hij in het midden van de collectie van zijn vader stond, die langzaam in het stof zakte, en de trochidae in zijn handen hield, had hij het gevoel dat de woorden van Koerbagh voor het eerst hun betekenis onthulden. Alsof hij dit kleine voorwerp echt in zijn handen moest houden om de volmaaktheid en dus de goddelijke aard ervan te voelen. Want daar ging het om. Coorte was een kunstenaar. Hij was geen filosoof, laat staan theoloog. Het was zijn taak om de schoonheid van de natuur te voelen en weer te geven. Er werd niets meer van hem verwacht. Er werd niet van hem verwacht dat hij het zou uitleggen, zoals de filosofen probeerden te doen. Hij hoefde haar goddelijkheid niet te bewijzen. Dat was de taak van de theologen, voor wie Coorte maar weinig over had. Ze probeerden iets rationeel te bewijzen dat niet bewezen hoefde te worden. De ware theologie was wetenschap, had Koerbagh geschreven. Het was een gewaagde uitspraak geweest. Een van de vele zinnen die hadden geleid tot het verbod van zijn boeken. En tot zijn veroordeling en arrestatie, viel het Coorte te binnen. Zijn medeleerling in het atelier van D'Hondecoeter had het hem verteld. De Bijbel was gewoon een boek zoals elk ander, geschreven door mensen, had Koerbagh geschreven. Het bevatte geen goddelijke openbaring, zoals de kerk beweerde. De verhalen waren verzonnen, net als de verhalen van Tijl Uilenspiegel of Rijnaard de vos. Ja, niet alleen de Bijbel was een verzinsel. Alles wat de superieuren en de geestelijken hadden vastgelegd als regels waaraan mensen zich moesten houden, was ooit verzonnen. Dat men nu de ene dag vlees moet eten en de andere dag vis, dat waren allemaal regels die de geestelijkheid had uitgevonden om het leven van de mensen te bemoeilijken. En zo was hun gezag en hun macht tenslotte ook een uitvindsel, dacht Coorte. Niets van dit alles heeft enige betekenis. Het is allemaal uitgevonden om de domheid en onwetendheid van de mensen in hun voordeel uit te buiten.

De zon was achter de Oostkapeller duinen verdwenen en slechts wat avondlicht drong nog door in de wonderkamer. Toen Coorte de sleutel in het slot van de houten deur stak om de kamer weer op slot te doen, waren er een paar schelpen minder in de collectie van zijn vader.

Hoofdstuk 11

Coorte was op bezoek bij Pieter Bustijn in Middelburg. Toen de twee vrienden de muziekkamer binnenkwamen, vielen de ogen van Coorte op het kleine schilderij met de aardbeien. Pieter had het op een tafel in zijn muziekkamer gezet zodat hij het elke dag kon bekijken.

"Het is niet meer van jou," zei hij.

Coorte keek zijn vriend aan met een blik van ongeloof.

"Het is verkocht," zei Pieter.

"Verkocht?"

"Ja, ik heb het aan magistraat Cornelis Backx laten zien. Hij wil het heel graag. En hij betaalt een daalder."

"Cornelis Backx"?

Coorte keek naar het beeld met de aardbeien dat hij had geschilderd. Het was de eerste keer dat hij een eigen schilderij had verkocht. Hij bleef staan, alsof hij niet kon geloven dat het vanaf nu niet meer in zijn bezit zou zijn. Toen hij nog bij D'Hondecoeter was, werden veel schilderijen verkocht. Maar het waren niet zijn schilderijen. Nu was het gebeurd dat er iemand was gekomen die een schilderij van hem wilde. Iemand die hij niet kende. Hij had nog nooit van de man gehoord. Pieter was inmiddels achter het klavecimbel gaan zitten en begon zoals gewoonlijk te improviseren. Maar Coorte bleef voor het kleine beeld met de aardbeien staan. Het was niet meer van hem, maar van de magistraat Cornelis Backx. Het duurde even voordat Coorte begreep wat er was gebeurd. Het was niet zozeer de verkoop zelf die hem stoorde. Coorte had vele verkopen bijgewoond in het atelier D'Hondecoeter. Het had hem verrast. Hij had niet verwacht dat iemand een eenvoudig schilderijtje met aardbeien zou willen kopen.

Pieter Bustijn onderbrak zijn spel omdat hij zag dat Coorte voor zijn schilderij bleef staan. Zijn blik was somber, zelfs grimmig. Hij voelde hoe Coorte worstelde met zich zelf. Alsof hij het aanbod van Cornelis Backx wilde afwijzen. Alsof Coorte het schilderijtje wilde vastnemen en ermee wilde verdwijnen naar Oostkapelle. Hij kon dat zien aan de blik van zijn vriend, die geen stap meer had gezet sinds hij binnenkwam. Pieter wist niets over Hendrikje, hij wist niet wat het schilderijtje voor Coorte betekende. Voor Coorte was het zijn eerste schilderij. Het was *de eerste Coorte*. En precies dit schilderij moest nu naar Cornelis Backx voor een daalder? Coorte wilde het niet begrijpen. Voor Pieter was het eenvoudig. Zijn muziek kon niet worden verkocht. Het moest steeds opnieuw worden gespeeld. Zelfs als andere muzikanten het speelden, zou het altijd bij de muzikant blijven die het had uitgevonden. Niet zo voor een schilderij. Als Coorte ermee instemde het te verkopen, zou hij zijn schilderij misschien nooit meer terugzien. Misschien had hij moeite om toe te geven dat hij dat schilderij voor Hendrikje had geschilderd. Niet *voor* Hendrikje. *Met* Hendrikje. Hij had het in haar bijzijn geschilderd. Het was hun gemeenschappelijk schilderij. Hij kon het niet verkopen aan een vreemde voor een daalder.

Pieter Bustijn was opgestaan van zijn klavecimbel. Hij was naast zijn vriend gaan gestaan en keek nu ook naar de kom met aardbeien. Het was een goed schilderij. Het was geen meesterwerk, maar het was goed, vond Pieter Bustijn. Coorte zou meer schilderijen maken. Schilderijen die beter waren dan dit. Pieter dacht er even over na deze gedachte te uiten, maar toen besloot hij dat niet te doen. In plaats daarvan legde hij zijn hand op Coorte's schouder. Het werd stil in de muziekkamer. Pieter Bustijn liet Coorte met rust. Hij zou naar de kelder gaan om een van zijn beste flessen Portugese wijn te halen.

Hoofdstuk 12

Hendrikje was gekomen. Zoals gewoonlijk had Coorte geen woord gezegd. Geen woord kunnen zeggen. Ze had op zijn bed gezeten en keek toe hoe Coorte schilderde. Ze had haar witte muts afgedaan. Haar haar was gevallen en bedekte de helft van haar gezicht. Coorte hield even op met schilderen. Hendrikje zat op het bed achter hem. Toen hij verderging met schilderen, begon ze de knopen van haar hemd te openen. Beetje bij beetje had ze elk kledingstuk uitgedaan. Coorte had het gevoeld. Hendrikje's kleren, haar muts, haar hemd, haar rokken lagen op de houten planken voor het bed. Hendrikje was naakt. Hij wist het. Aanvankelijk probeerde hij door te gaan met schilderen en draaide zich niet om. Het was avond en het zwakke licht in het atelier kwam van de drie kaarsen die hij in de buurt van de ezel had aangestoken. Een van hen stond direct op de ezel en verlichtte het beeld dat hij schilderde. Het was het schilderij met de trochidae. Een tweede kaars stond op de bijzettafel, waarop zijn verfpotjes stonden. De derde kaars stond op de plint waarop de drie schelpen lagen. Ze wierpen een vage schaduw op de kale muur van het atelier. Daar schenen ze als zeemonsters die uit de duisternis in het licht waren gestapt.

Toen Coorte de schaduwen op de muur zag, legde hij het penseel op de tafel naast hem. Hij had gehoopt nog een uurtje te kunnen schilderen, om daarna aan Hendrikje's rug te gaan liggen, zoals hij al een paar keer eerder had gedaan. Maar deze keer had Hendrikje zich niet neergelegd en was zij niet in slaap gevallen van vermoeidheid. Hendrikje wachtte. Naakt. Het was de eerste keer dat hij zich liet tegenhouden om te schilderen. Hij blies de kaars die op zijn ezel stond uit en ook de kaars op de bijzettafel. Hij stond op en begon zijn hemd los te knopen. Toen trok hij zijn broek en zijn kousen uit. Coorte was naakt. Hij wist dat Hendrikje de hele tijd naar hem had gekeken. Hij stond met zijn rug naar haar toe en had zich nog steeds niet tot haar gewend. Hij beefde een beetje. Hij dacht even na of hij beter de kaars op de plint zou uitblazen om Hendrikje in volledige duisternis te benaderen. Maar toen besloot hij het vage licht te laten staan en draaide hij zich langzaam om. Op zijn bed zat Hendrikje met open haar, dat bijna tot aan haar borsten kwam. Hendrikje zat met beide handen achterover geleund op het bed en keek naar Coorte. In het licht van de enige kaars kon ze zijn slanke lichaam zien, dat onzeker leek te wachten. Ze zag zijn geslacht, dat zich begon op te richten. Coorte keek naar Hendrikje's volle borsten, die ze hem schaamteloos liet zien. Het waren grote borsten die zwaar op Hendrikje's lichaam lagen. De prostituees in Amsterdam hadden geprobeerd Coorte te verleiden door het tonen van hun borsten. Sommigen hadden hen volledig ontbloot in de hoop de mooie jongeman te kunnen overtuigen. Maar Coorte had altijd weggekeken en was haastig verder gegaan.

Deze keer zou Coorte niet wegkijken. Hij keek naar Hendrikje's lichaam. Hij keek naar de vorm van haar sterke dijen, haar brede schoot en haar borsten, die hij nu voor het eerst zag in de schemering. Hij had in de keuken van de familie Den Duyvel meerdere malen stiekem naar de contouren van haar lichaam gekeken, maar hij had het nooit aangedurfd om haar direct aan te kijken. Zodra Hendrikje de grote houten tafel met een pot had benaderd, had hij zijn hoofd laten zakken. De bedienden, zo wist hij, hadden af en toe opmerkingen gemaakt over de lichaamsvorm van Hendrikje, maar Coorte deed alsof hij het niet had gehoord. De opmerkingen waren zoals altijd obsceen geweest en Coorte walgde van de wulpsheid van hun grappen.

Nu stond hij voor haar. Hij voelde zich onzeker en schaamde zich voor zijn geslacht, dat hij niet kon controleren. Hendrikje en hij hadden nauwelijks met elkaar gesproken. Ze had zich tot hem aangetrokken gevoeld en was naar zijn atelier gekomen. Hij had het toegestaan, omdat hij niet wist hoe hij haar had kunnen weigeren. Ze keek hem aan en maakte hem een teken dat hij naar haar toe moest komen. Toen hij dichterbij kwam, sloeg ze haar armen om zijn heupen. Ze legde haar hoofd in zijn schoot. Zijn geslacht verdween in haar haar. Hij bleef een tijdje voor haar staan terwijl ze hem vasthield, alsof ze hem nooit meer zou loslaten. Op een gegeven moment begon hij haar haar te strelen. Eerst aarzelend, daarna met steeds meer kracht. Hendrikje begon zwaar te ademen. Het leek vreemd voor Coorte, maar haar adem wond hem op. Hij begon haar rug te strelen en was steeds dichter bij haar gekomen. Uiteindelijk had Hendrikje hem op het bed getrokken en haar lippen tegen de zijne gedrukt. Toen Hendrikje haar mond opende drong Coorte langzaam binnen met zijn tong. Hij had gebeefd, maar Hendrikje had hem steeds meer naar zich toe getrokken. Ze lagen nu op elkaar en kusten elkaar met wilde, ronddraaiende bewegingen. Op een gegeven moment nam Hendrikje Coorte's geslacht in haar hand en leidde hem in haar. Ze had een schreeuw onderdrukt toen Coorte diep in haar was binnengedrongen.

Hoofdstuk 13

De zomer was aangebroken en de hele familie Coorte was naar de buitenplaats in Oostkapelle verhuisd, zoals elk jaar. En ook alle buren waren er weer en ook in de buitenplaats van de familie Den Duyvel was iedereen aanwezig. Hendrikje had meer te doen dan haar lief was en al snel werden haar nachtelijke bezoeken aan Coorte minder frequent. Omdat de familie Coorte haar eigen kok uit de stad had meegenomen, werd van de familieleden verwacht dat ze bij elke maaltijd in het huis aanwezig waren. De jonge schilder beschikte weliswaar over een zekere vrijheid, maar hij had er niets aan. Er werd van hem verwacht dat hij tijdens de zomer de maaltijden met zijn eigen familie nam. Hij was gedwongen om Hendrikje in het geheim te ontmoeten.

Op zondag ontmoette hij haar in de duinen achter het huis en ze bedreven de liefde tussen het helmgras en de heidebrem. Hendrikje had een mand meegebracht met gevogelte, gedroogd fruit en wijn. Nadat ze samen hadden geslapen en de twee hadden genoten van de wijn en de vijgen, stak Hendrikje een pijp aan. Coorte zou dit aan niemand in zijn bijzijn hebben toegestaan, maar bij Hendrikje maakte hij een uitzondering. De wind blies haar haar in het gezicht en Coorte had met een dromerige blik naar de zee gekeken. Hendrikje had graag gezien dat Coorte wat meer sprak, maar ze had al snel begrepen dat de jongeman op wie ze verliefd was geworden, uitsluitend voor zijn kunst leefde. Haar vroegere geliefden waren spraakzamer geweest. Hun grappen waren grof en hun taal was obsceen. Hendrikje had al snel het gevoel dat ze nauwelijks geliefd was bij hen. Ze genoten van haar volle lichaam. Ze aten hun buik vol aan haar tafel en gingen er uiteindelijk vandoor met een klap op haar kont. Zo was het altijd geweest. En bij elke nieuwe minnaar was Hendrikje wat meer teleurgesteld. Elke nieuwe relatie die ze met een man was aangegaan, was iets korter geweest dan de vorige, totdat ze haar laatste geliefde na één nacht weer had weggejaagd. Hij had een aantal nachten voor het raam van haar kamer gestaan, zeurend, in de hoop dat ze het raam zou openen. Hendrikje had op haar bed gezeten en gewacht tot hij het opgaf. Alle mannen hadden het opgegeven, zodra ze zich had teruggetrokken.

Toen was Hendrikje lange tijd alleen gebleven en scheen in haar lot te berusten. Beter geen man dan een nietsnut, had ze tegen zichzelf gezegd. Haar liefdeslust leek langzaam te verdorren tot de dag dat Coorte in haar kelder was verschenen. Eerst dacht ze dat hij gewoon een zonderling was, net zoals de bedienden hem hadden gezien. Hij was slechts een van de vele monden die gevoed moesten worden. Maar stiekem had ze zijn lange en sierlijke figuur bewonderd, dat altijd zwijgzaam aan de houten tafel had gezeten en na een tijdje begon ze uit te kijken naar of hij kwam. Op de dagen dat Coorte niet verscheen, begon ze hem te missen. Ze keek af en toe uit het keukenraam, in de hoop hem vanuit de duinen naar de kelder te zien komen. Toen Coorte niet kwam opdagen, was ze na het werk in de bijkeuken gaan zitten en voelde ze een leegte die ze niet kon verklaren.

Nu Coorte deel was gaan uitmaken van haar leven, leek het haar dat de leegte was verdwenen en het kon haar niet schelen dat Coorte nauwelijks sprak. Ze had zich geliefd gevoeld bij hem, ook al had Coorte het haar niet kunnen zeggen. Hij zei het liever helemaal niet en deed het in ruil daarvoor. Ze had genoeg van al die loze beloftes. Coorte was stug, maar hij leek haar te respecteren. Ze voelde het aan de manier waarop hij haar aanraakte of kuste of van haar hield. Coorte nam niet, hij gaf.

En hij gaf haar meer dan ze ooit kon hopen. Coorte was een man die in alle opzichten radicaal was. Hij was radicaal in zijn kunst. Hij was radicaal in zijn afwijzing van de Amsterdamse maatschappij, zoals hij het noemde, die alleen leefde voor het ophopen van geld en goederen en voor wie schilderijen alleen een manier waren om te pronken. En Coorte was radicaal als hij liefhad. Hendrikje voelde het. Coorte was anders dan haar vorige minnaars. Natuurlijk was hij in het begin verlegen geweest en Hendrikje had soms moeten glimlachen vanwege zijn onhandigheid in bed. Maar hij had snel geleerd, zoals hij altijd snel leerde als hij iets in gedachten had. Hendrikje had met bewondering gekeken hoe Coorte zich in een paar weken tijd van een bloedige beginner in de kunst van de liefde tot een bekwame en gepassioneerde minnaar had ontwikkeld. Zijn smalle handen verkenden haar rondingen. Hij had haar niet gekrabd of haar billen met zweep-achtige slagen getrakteerd, zoals de meeste mannen hadden gedaan. Coorte was zachtaardig en gevoelig. Het leek alsof hij naar haar lichaam keek als naar een van zijn schilderijen. Het was alsof hij elke welving, elke eigenaardigheid, elke donkere plek op haar lichaam moest bestuderen net zoals hij de objecten van zijn schilderijen, hun textuur, de ruwheid of de gladheid van hun oppervlak bestudeerde. Het was alsof hij haar littekens, haar donkere vlekken en hun verhardingen wilde genezen door ze zachtjes te drukken, aan te raken of te strelen. Al snel had Hendrikje zich over haar hele lichaam geliefd gevoeld. Ontelbare keren had ze naakt op haar buik in Coorte's bed gelegen en Coorte had haar bijna de halve nacht gestreeld. En zelfs toen de laatste kaars op de ezel van de schilder was uitgegaan, was hij niet gestopt met haar aan te raken. Hendrikje had zich nog nooit zo geliefd gevoeld. Haar lichaam moest steeds opnieuw beven toen er diepe golven van lust door haar heen waren gegaan. Coorte had zijn hand op een verborgen plek op haar rug gelegd en had niet losgelaten tot ze begon te beven. Hendrikje had diep gezucht, tot ze uiteindelijk in een droomloze slaap was verzonken. De dagen nadat ze bij Coorte had overnacht, had ze zich uitgerust gevoeld, ook al had ze soms maar een paar uur geslapen. Ze was met een glimlach op haar gezicht naar haar werk gegaan en had Coorte's handen urenlang op haar huid gevoeld.

En nu de zomer was gekomen en Coortes familie naar de buitenplaats was verhuisd, had ze bijna naar de herfst verlangd, zodat ze hem weer kon zien tijdens de maaltijden. Er gingen hele dagen voorbij dat ze hem nauwelijks zag. Coorte had zich in zijn atelier verscholen en werkte. Of hij ging naar Middelburg om Pieter te zien en bleef er overnachten. Na een liefdesnacht waren er amper twee dagen verstreken toen ze weer naar hem begon te verlangen. Ze werd rusteloos. Eenmaal was er een kokende pot uit haar handen gevallen en had ze een brandwond aan haar linkerhand die al dagenlang pijn deed. Ze had steeds weer geprobeerd de zere plek te koelen met koude kompressen, maar de pijn was nauwelijks afgenomen. Ze had naar zijn aanraking verlangd, want alleen Coorte's handen konden verlichting brengen. Toen hij de zondag na het incident in de keuken de wond ontdekte, had hij haar hand zachtjes gekust op de plek en Hendrikje had diep moeten ademen, alsof er plotseling een zware last van haar af was gevallen.

Zodra Hendrikje kwam, leek Coorte's arbeidslust te verdwijnen en verlangde hij naar haar lichaam en de warmte van haar schoot. Hoewel hij zijn liefde voor zijn familie verborgen hield, begon hij zich als haar man te voelen. Alsof ze iets in hem wakker had gemaakt dat tot nu toe voor hem verborgen was geweest. Zijn passie kwam tot nu toe alleen tot uiting in zijn schilderkunst of in zijn afkeer van de vele gewoontes en de zucht naar geld van zijn tijdgenoten, de heren van Middelburg en Vlissingen, de heren van Amsterdam en niet in het minst de zucht naar erkenning van zijn eigen familie. Ze beschouwden hem als een excentriekeling die in Amsterdam zijn tijd verspild had. Coorte was teruggekomen zonder een meesterproef. Hij was geen lid geworden van het Lukasgilde in Middelburg, zodat zijn broers concludeerden dat hij had gefaald. Ze wisten niet precies wat er in Amsterdam was gebeurd, want Coorte bleef zwijgen alsof het over een geheim ging. Voor zijn broers was het duidelijk: Coorte was een mislukt lid van de familie. Hij werd door hen getolereerd, maar ze namen hem niet erg serieus. Ze behandelden hem als een achterlijk kind dat zo weinig mogelijk rechten en privileges kreeg. Ze hielden hem buiten het bedrijf en de zaken van de familie. Toen ze het stenen huis in Middelburg verkochten, dat na de dood van zijn vader aan hen was toegevallen, hadden ze zijn handtekening nodig. Coorte tekende zonder zelfs maar naar het document te kijken, alsof het hem niets aanging.

Coorte wilde met rust gelaten worden en de twee broers waren blij dat hij zich niet met hun zaken bemoeide. Zijn schilderijen, dat voelde hij maar al te goed, beschouwden ze als een soort kinderspel. De miniaturen, zoals ze zijn schilderijen noemden, kwamen niet overeen met hun voorstelling van schilderkunst. Erger nog, ze hadden hun huizen in Middelburg en Vlissingen versierd met schilderijen van Adriaen Bosschaert, alsof ze op die manier wilden uitdrukken wat ze van schilderijen verwachtten. Toen Coorte werd uitgenodigd voor de ondertekening van de huisverkoop in het huis van Michiel in Vlissingen, had hij kort naar de schilderijen van Bosschaert gekeken. Hij was geïnteresseerd in de techniek die de schilder gebruikte. Hij had zich geen moment afgevraagd waarom hier niet *zijn* schilderijen aan de muur hingen.

Misschien was het de afstand tot zijn familie die ervoor zorgde dat Coorte zijn liefde voor Hendrikje geheim hield voor zijn broers. Het zou voor hen slechts een verdere bevestiging van zijn falen zijn geweest. Hun broer liet zich in met een keukenmeid, die bovendien aanzienlijk ouder was dan hij. Als mannen een dienstmeid tot vrouw namen, dan was ze meestal jonger dan zijzelf. Ze hadden kinderen met haar en ze zorgden ervoor dat ze sterk en gezond was, zodat ze hun huishouden kon runnen. Als de Coortes erachter kwamen dat hun broer zich had ingelaten met de oude keukenmeid van de familie Den Duyvel, zouden ze alleen maar met hun hoofd schuddden en hem achter zijn rug bespotten, wat ze toch al deden.

Het maakte Coorte niets uit, ook al was hij zich terdege bewust van het wantrouwen en de onuitgesproken minachting van zijn broers. Eenmaal had zijn vriend Pieter er met hem over willen spreken, maar Coorte had alleen zijn schouders opgehaald. Pieter had begrepen dat Coorte niet bereid was veel aandacht aan het onderwerp te besteden en had het daarbij gelaten. Coorte was een persoon die uitsluitend voor zijn kunst leefde en Pieter vond dit goed. In het geheim benijdde hij hem zelfs. Pieter had veel verplichtingen. Hij was organist van de Nieuwe Kerk, dirigent van de Scola en tenslotte gaf hij les aan zijn leerlingen, om nog maar te zwijgen van zijn eigen familieverplichtingen. Dit alles dwong hem om dag in, dag uit te werken en genoeg geld te verdienen. Hoewel Coorte dankzij de inkomsten uit de pachten van zijn familie slechts een klein inkomen had, was hij in Pieter's ogen een vrij man die zich volledig aan zijn kunst kon wijden. Op sommige dagen wenste Pieter dat hij gewoon aan zijn Ruckers klavecimbel kon zitten en kon improviseren zonder aan zijn taken te hoeven denken. Het idee dat hij als musicus uitsluitend van zijn muziek en zijn composities kon leven, was nooit bij hem opgekomen. Maar zijn vriend liet hem zien hoe een vrij leven er uit kon zien, ook al ging dit ten koste van enkele gemakken. Pieter gaf er toch niet om. Hij kwam tot leven in de uren dat alle leerlingen waren vertrokken en zijn dagelijkse werk was afgerond. Hij leefde op toen zijn oplettende toehoorder kwam, die niet oordeelde, maar alleen luisterde naar de klanken van zijn klavecimbel. Van tijd tot tijd keek hij naar zijn jonge vriend, die steeds meer leek te verdwijnen in een donker hoekje in het vervagende licht van de middag. Pieter wist dat Coorte zijn eigen weg zou gaan en dat niemand hem kon tegenhouden.

Hoofdstuk 14

Cornelis Backx had Pieter gevraagd of zijn jonge vriend meer van die fruitjes had zoals hij zijn schilderijen noemde. Hij verzamelde alleen wat hij leuk vond. Hij kon het zich veroorloven. Hij was niet geïnteresseerd in schilderijen die zijn positie in Zeeland of zijn rijkdom lieten zien, zoals veel rijke burgers deden. Backx had dat allemaal niet nodig. Hij had iets nodig om over na te denken op zijn vrije dagen. En dat was precies wat het schilderij met de aardbeien hem had gegeven. Backx zat graag met zijn pijp in zijn studeerkamer en keek naar de schilderijen die hij had gekocht. In de loop van zijn drukke leven als advocaat had hij verschillende werken verworven, meestal stillevens. Hij had schilderijen van Bosschaert, twee Van de Veldes en een aantal middelgrote Heda's waarvoor hij diep in zijn geldbuitel had moeten grijpen. Ze hingen allemaal om hem heen toen hij in stilte in zijn zetel zat en de pijp met een snufje tabak uit een zilveren blikje vulde. Toen de rook zich in zijn kamer begon te ontvouwen en zijn schilderijen in een vage mist leken te baden, begon wat hij zijn *genoeglijk uurtje* noemde. De geur van tabak deed de gedachten aan zijn vele verplichtingen op de achtergrond verdwijnen. Het was alsof hij bijna de sintels in de pijpenkop en de zoete geur van de kruiden nodig had. Hij kocht ze bij een koopman in Middelburg die regelmatig naar Indië voer op een schip van de Nederlandse Oost-Indische Compagnie.

Backx had tijd nodig. Toen hij zich terugtrok in de torenkamer van zijn buitenplaats in Zierikzee, wist zijn vrouw dat hij niet gestoord wilde worden. Ze hield de kinderen bezig in de keuken en zorgde ervoor dat ze niet te luid werden. Toen de rook zich in de kamer begon te verspreiden, voelde Backx hoe zijn ledematen zich begonnen te ontspannen. Hij zonk wat dieper in zijn fauteuil en begon naar zijn schilderijen te kijken. Hij koos meestal voor de late namiddaguren wanneer het licht zachter begon te schijnen door de ramen van zijn torenkamer. Het was de tijd dat Backx zijn schilderijen goed begon te zien. Het was alsof hij de rust en het zachte ritme van zijn pijp nodig had, zodat zijn ogen de kleuren van zijn schilderijen beter konden absorberen. Backx was ervan overtuigd dat hij alleen dan de diepte van de kleuren kon waarnemen. Mijn ogen worden dronken, zei hij tegen zichzelf. Het leek hem bijna alsof hij zich kon onderdompelen in de kleurenwereld van het schilderij waar hij naar keek. Alsof hij in hen zwom en één werd met hun uitstraling.

En hij was vooral ingenomen met het nieuwe schilderijtje met aardbeien, dat hij had gekocht van de Middelburgse organist Pieter Bustijn. Hij kon niet genoeg krijgen van het rood van de aardbeien en het lichtbruin van de aarden pot waaruit ze leken over te lopen.

En toen verloor hij zijn blik in de donkere leegte die de schilder op de achtergrond van het schilderij had gecreëerd, alsof er daar een ruimte was waarin hij voorgoed kon verdwijnen. Op sommige dagen had hij met zoveel toewijding naar het kleine schilderij gekeken dat hij tijd en ruimte was vergeten en pas toen het beeld in de duisternis van de naderende avond was verdwenen en de sintels in zijn pijpenkop ophielden, was hij als uit een droom wakker geworden waarin hij graag langer had willen blijven. Toen hij wat kaarsen had aangestoken en de olielamp, die op de houten tafel naast hem stond, keek hij nog eens naar het kleine schilderij. Het leek hem alsof het zich tegen de muur had teruggetrokken. Alles was er nog. De kleuren, de pot, de aardbeien en de stenen plint waarop de schilder het had geschilderd en ook de zwarte achtergrond. Maar nu leek het hem alsof het schilderij weer was wat de meeste mensen zouden denken: een geschilderde afbeelding van een aarden pot met aardbeien.

Toen Backx discreet aan Pieter Bustijn om meer fruitjes van de jonge schilder vroeg, wilde Pieter een ontmoeting tussen hem en Coorte in zijn huis aanbieden. Maar Backx had deze suggestie met een korte armbeweging geweigerd. Hij wilde de jonge schilder niet persoonlijk ontmoeten. Hij was tevreden als Pieter hem af en toe een schilderij zou presenteren. Hij zou dan beslissen of hij het al dan niet wilde verwerven. Pieter had zijn schouders opgehaald. Hij wilde zijn jonge kunstenaarsvriend helpen. Hij had ingestemd met zijn rol als discrete bemiddelaar tussen de kunstenaar en Backx.

Backx zelf had zijn eigen redenen om de jonge schilder Coorte niet persoonlijk te ontmoeten. Hoewel hij nieuwsgierig was naar de jonge schilder, wist hij zijn nieuwsgierigheid te verbergen achter onbelangrijke vragen die hij Pieter stelde toen hij naar elk nieuw schilderij keek. Hij wilde weten of de kunstenaar met een bijzonder fijn penseel schilderde. Of hij nu overdag of 's nachts schilderde. Pieter beantwoordde de vreemde vragen van de koper zo goed als hij kon. Hij ontweek het geven van extra commentaar terwijl Backx met een bijna hebzuchtig ongeduld naar het nieuwe schilderij keek. Pieter hoefde geen enkele moeite te doen of speciale lof toe te zwaaien aan het schilderij en zijn vakmanschap. Backx kocht alles wat Pieter hem in de loop van de tijd liet zien. Backx deed alsof hij de zaak serieus in overweging nam door middel van zijn vragen. Maar in zijn hart had hij elk schilderij al gekocht voordat hij het had gezien. En zelfs toen Pieter bij elk nieuw schilderij een iets hogere prijs begon te verlangen, leek dit hem niet te beletten zijn geldbuitel te openen en de zilveren munten op de tafel voor het schilderij uit te gieten, om het beeld vervolgens met een bijna religieuze traagheid te laten verdwijnen in een lederen tas die hij er speciaal voor had gekocht. Er werd nooit een document of contract tussen de twee heren ondertekend. Backx kocht alsof het om iets ging dat verboden was.

Hij had besloten de jonge schilder niet persoonlijk te ontmoeten, omdat hij vreesde dat een dergelijke kennismaking het ongestoord bekijken van de schilderijen zou verstoren. Backx wilde niet dat hij het hoofd of het gezicht van de jongeman zag of zijn stem hoorde. Hij ontweek alles wat hem kon storen tijdens zijn genoeglijk uurtje.

En zo werd Backx de geheime beschermheer van de jonge schilder. Hij hing zijn Coortes naast elkaar op de belangrijkste plaats van zijn studeerkamer, stopte de sleutel ervan in zijn zak en zorgde ervoor dat vanaf nu niemand anders dan hijzelf de kamer binnenkwam.

Pieter had zeker winst kunnen maken met het zaakje, maar hij deed het niet omdat hij zijn jonge vriend wilde helpen. Elke daalder die Pieter van Backx kreeg, belandde in Coorte's zak.

In het begin had Coorte zich nog wat aangesteld. Hij had vooral het beeld met de aardbeien willen houden, maar Pieter had hem ervan kunnen overtuigen dat hij een man als Backx niet moest beledigen. Pieter wist dat Backx veel invloedrijke vrienden had onder de Zeeuwse kooplieden en ambtenaren. Ja, hij had zelfs gehoord dat Backx meerdere malen in het Binnenhof in Den Haag was gezien.

En Pieter stond eveneens in de schuld van Backx, want het was onder meer Backx geweest die de magistraten van de stad had overtuigd hem te benoemen tot organist van de Nieuwe Kerk. Het eiland Walcheren was een kleine samenleving. Iedereen kende iedereen en men kon het zich niet veroorloven om de heren tegen zich in het harnas te jagen, zeker niet als berooid kunstenaar, wat Coorte was. Hij had geen naam, hij was niet eens lid van het Lukasgilde, dus genoot hij ook niet hun bescherming.

Backx wist dit allemaal, natuurlijk. Maar het kon hem niet schelen. Zolang Coorte niet om extravagante bedragen vroeg voor zijn fruitjes, kocht hij ze op slinkse wijze. Zijn rol beviel hem zelfs, hoewel hij als advocaat goed wist dat hij betrokken was bij een illegale zaak. Zolang hij zijn handtekening niet onder een document had gezet, wist Backx dat niemand hem kwaad kon doen. Noch het Lukasgilde, noch enige andere jurisdictie. Natuurlijk kocht Backx omdat hij de schilderijen mooi vond. Ze straalden een kalmte en sereniteit uit die hij hard nodig had. Backx kocht de rust. En stiekem had hij het gevoel dat hij iets waardevols had gekocht, waaraan hij misschien veel minder had uitgegeven dan wanneer de schilderijen via de gebruikelijke kanalen waren verkocht. En Backx vond dat ook leuk. Ook al moest men voor stillevens niet dezelfde prijs betalen als portretten of religieuze onderwerpen. Ze hadden hun prijs. Hij had dit voldoende geleerd toen hij zijn Bosschaerts en Hedas kocht. Backx wist wat iets waard was.

Hoofdstuk 15

Er leek geen einde aan de zomer te komen. Het had in weken niet geregend en Edmond maakte zich zorgen over zijn sierplanten. Coorte had zich teruggetrokken in zijn atelier, zoals zo vaak. Tijdens de warme middagen sliep hij en werd pas tegen de avond wakker. De verkoop van zijn schilderijen aan Backx had hem geïnspireerd. En hoewel hij de serieproductie verafschuwde, maakte hij meer fruitjes, zoals Backx ze noemde. Het woord stoorde hem niet toen hij het van Pieter hoorde. Hij was zelfs blij dat Backx het niet over stillevens had. Nadat hij zijn eerste fruitje had verkocht, maakte hij er meer. Hij schilderde nu met de ijver van een kunstenaar die wist dat hij zijn thema had gevonden. Nu hij een solvente koper had die elk schilderij dat hij maakte kocht, versterkte zijn overtuiging dat hij zich volledig had losgemaakt van de conventies van het atelier D'Hondecoeter.

Coorte was Coorte geworden. Hij begon zelfverzekerder op te treden en had zelfs een nieuwe broek en een nieuw vest laten maken. Het was Hendrikje die hem altijd nieuw fruit bracht zodat hij het kon schilderen. Coorte schilderde abrikozen, hij schilderde perziken. Hij schilderde kersen, rode bessen en druiven. Hendrikje bracht hem kruisbessen en Coorte begon kruisbessen te schilderen.

Er was een tweede koper opgedoken die anoniem wilde blijven. Hij had hem ook niet benaderd via zijn vriend Pieter. Coorte kreeg kleine brieven met het verzoek om een schilderij te maken met perziken of aardbeien. In tegenstelling tot Backx, die zich graag liet verrassen, bestelde de nieuwe koper. Coorte moest het voltooide werk naar het huis van een rijke koopman in Vlissingen brengen, die hij zelf nooit te zien kreeg.

Nadat de dienstmeid de deur had geopend, vroeg ze Coorte om zijn laarzen uit te trekken. Er lagen pantoffels klaar. De dienstmeid liet hem achter in een ontvangstruimte nadat hij haar het schilderij had overhandigd. Ze verdween achter een zware houten deur. Coorte hoorde stemmen, maar kon het gesprek, dat blijkbaar achter de deur plaatsvond, niet verstaan. Na enige tijd kwam de dienstmeid weer tevoorschijn en overhandigde Coorte het afgesproken bedrag. Ze leidde

Coorte beleefd naar de uitgang met de verzekering dat men meer schilderijen zou bestellen.

Het leek hem wat vreemd, maar de anonieme koper bestelde zoals beloofd meerdere schilderijen en betaalde. Coorte had zich erbij neergelegd dat zijn fruitjes in privé-collecties verdwenen. Hij zou ze nooit meer zien. Het zette hem ertoe aan om hetzelfde onderwerp meerdere keren te schilderen. Hij veranderde het perspectief of combineerde kruisbessen met aardbeien, maar hij weerstond de verleiding een schilderij te kopiëren, hoewel hij het had gekund.

Hij was er zich terdege van bewust dat hij zijn werk niet mocht verkopen. Maar omdat de verzamelaars discreet waren, viel het niemand op. Coorte was een anonieme schilder geworden. Hij was iemand die niet verondersteld werd te bestaan. En toch voelde hij zich een volwaardig kunstenaar, hoewel hem de publieke erkenning werd ontzegd.

Het was hem een raadsel hoe de tweede koper weet van zijn schilderijen had. Misschien was de anonieme koper een vriend van Backx. Pieter had hem verzekerd dat Backx zelf de hoogst mogelijke discretie aan de dag legde. Na betaling liet hij het schilderijtje verdwijnen in een lederen tas die hij speciaal voor dit doel meenam. En na een paar glazen Portugese wijn nam hij in stilte afscheid. Dus behalve Backx en Pieter had bijna niemand anders weet van zijn werk. Alleen Hendrikje en zijn twee broers hadden toegang tot zijn atelier en ze kwamen slechts af en toe langs, in feite zelden in de afgelopen tijd. Jakob was meestal op een van de vele schepen van de marine. Coorte's jongste broer, Michiel, raakte gewond in de slag bij Steenkerke. Het Franse leger van Lodewijk XIV had de geallieerden onder leiding van Willem III van Oranje verslagen. Twee jaar later verliet Michiel Zeeland en ging naar Batavia als commandant van de Verenigde Oost-Indische Compagnie.

Toen zijn oudere broer Jacob hem in Oostkapelle bezocht, keek hij even naar het schilderijtje dat op de ezel stond. Hij leek het als een soort van vrijetijdsbesteding te beschouwen, waar men niet al te veel aandacht aan moest besteden. Zijn broers konden hun bijna flagrante minachting voor zijn werk maar met moeite achter onbelangrijke vragen verschuilen. Of hij genoeg hout had om zich te verwarmen? En of hij regelmatig naar de keuken van de familie Den Duyvel ging? Van deze kant kon nauwelijks iets worden verwacht, zeker niet de bemiddeling van een goed betalende kunstliefhebber.

Coorte wist niet dat hij in de gaten werd gehouden wanneer hij het voorname huis in Vlissingen binnenkwam. Het gebeurde in de ontvangstkamer. In het wandtapijt, waarop de kaart van de Zeven Verenigde Provinciën was afgebeeld, was een opening, ongeveer op de hoogte waar de stad Haarlem zich bevond. Zodra Coorte binnentrad, ging er een kleine klep open achter de opening. Een oog aan de andere kant van de kamermuur keek hem aan. Aangezien de kamer aan de andere kant verduisterd was, kwam er geen licht binnen in de kamer waar Coorte verbleef.

Zodra hij het schilderij aan de dienstmeid had overhandigd, moest hij nog even wachten. Eerst was hij aan de tafel in het midden van de ontvangstkamer gaan zitten. Hij was met een zwaar donkerrood tafelkleed bedekt. Hij zat een tijdje in de richting van de eikenhouten deur te kijken, in de hoop de wachttijd te kunnen verkorten. Hij had geluisterd naar de stemmen die in de verte te horen waren. Hij wist niet zeker of deze stemmen uit de kamer ernaast kwamen of uit een kamer verderop. Toen de dienstmeid na lange tijd nog niet was komen opdagen, was hij opgestaan, naar het raam gegaan en had hij naar de straat gekeken. Het oog achter de kaart van de Zeven Verenigde Provinciën was hem gevolgd en keek naar zijn lange, slanke figuur. Coorte had zijn hoed afgezet bij het binnenkomen. Zijn bruine krullen lagen op zijn schouders. Het oog had gezien dat hij goed gekleed was. Coorte had geld. Van achteren zag hij eruit als iemand die iets van zichzelf had gemaakt, zij het bescheiden. Hij straalde trots uit. Trots en vertrouwen. Het was de uitdrukking van iemand die zijn waarde kende. Het oog achter de kaart had genoeg tijd om naar hem te kijken.

Toen de dienstmeid eindelijk terugkwam met het geld, stopte Coorte de munten, zonder ze te tellen, in een tas en verliet het huis.

Hoofdstuk 16

Coorte's mecenassen kochten alles wat hij maakte. Op een paar schetsen na, bleef er nauwelijks iets in zijn atelier liggen. Hij moest leveren. Soms wenste hij dat hij sneller kon schilderen, maar dat kon hij niet. Coorte was wat hij altijd al was geweest: een perfectionist.

Heda en Bosschaert hadden hun stillevens als composities gemaakt. Net zoals D'Hondecoeter zijn fazanten en eenden niet voor zichzelf schilderde, maar als onderdeel van een compositie, die in zijn geheel moest worden gezien. Coorte was opgeleid om de natuur, waarin de fazanten en eenden rondliepen, te schilderen. En nu hij alleen was, kon hij zich volledig aan de natuur wijden. Het weelderige groen van de bladeren, het karmozijnrood van de aardbeien en het grijsgroen van de kruisbessen. Hij had geen eend, fazant of kwartel nodig. De kruisbes was genoeg, de aardbei was genoeg.

Coorte wilde de mooiste aardbeien schilderen, de mooiste kruisbessen die er waren. Hij sprak nooit over zijn manier van schilderen, zelfs niet als hem dat werd gevraagd, wat zelden gebeurde. Coorte was geobsedeerd door het idee de meest perfecte weergave van zijn onderwerpen te scheppen die in zijn macht lag. Hij wilde de natuur schilderen alsof je haar met je handen kon aanraken. Alsof het beeld bijna echter was dan de natuur zelf.

Toen Pieter Bustijn hem het schilderij met de trochidae voorlegde, zette Backx eerst een stap terug, alsof hij zijn verbazing moest uiten. Hij had een nieuw fruitje van Coorte verwacht. Nooit eerder had hij zeeschelpen zo precies afgebeeld gezien. Het was alsof hij ze met zijn handen kon grijpen.

Backx had natuurlijk al schelpen op schilderijen gezien. Maar ze waren altijd geschilderd in combinatie met fruit, met wijnglazen, met kommen of met vis. Geen enkele schilder had het ooit aangedurfd om ze zelf als onderwerp van een schilderij te maken en zeker niet met deze perfectie.

"En hij wil het verkopen?", had hij op een gegeven moment gezegd.

Pieter Bustijn had hem een teken gegeven dat het schilderij van hem was als hij het wilde. Hij had zich omgedraaid en ging achter zijn klavecimbel zitten en begon door zijn partituren te bladeren.

Backx was dichterbij gekomen om de schelpen te kunnen bestuderen. Hij had het gevoel alsof hij al in zijn studeerkamer zat en zijn pijp had aangestoken. Alsof het al *zijn* schilderij was. Zijn eigendom.

Pas toen Pieter Bustijn opstond en hem na lange tijd weer benaderde, werd hij wakker uit zijn zelfvergetelheid en realiseerde hij zich dat hij het schilderij eerst moest kopen voordat het in zijn lederen tas zou verdwijnen.

"En wat denk je?"

"Het is vreemd," zei Backx, "Ik zie iets dat ik ken en toch nog nooit eerder heb gezien."

Pieter was stil en ging een fles van zijn beste Portugese wijn halen. Hij wist dat Backx zou kopen.

Hoofdstuk 17

Er was een nieuwe brief gekomen. Coorte herkende het handschrift zodra hij de brief in handen had. Hij was kort, zoals gewoonlijk. Hij was geschreven in hetzelfde mooie handschrift als de vorige. En de auteur had de brief ondertekend met dezelfde initialen. "I.H." stond er in zwarte inkt onder de brief. Het kon Coorte weinig schelen wie er achter dit initiaal zat. Hij was zelfs blij dat zijn mecenassen anoniem wilden blijven en liever niet in zijn atelier kochten.

I.H. had ook deze keer een wens. Hij wenste geen stuk fruit, kruisbessen of schelpen. I.H. wenste een werk met keukengroenten. Coorte had als leerling schetsen moeten maken van wortelen en prei. Hij had ze, zoals alles bij D'Hondecoeter, beschouwd als oefeningen.

Hij liep een paar dagen rond en vroeg zich af welke groenten hij zou gaan schilderen. Het was, zoals zo vaak, Hendrikje, die hem op het idee bracht. Op een dag zag hij een bundel asperges op de houten tafel in de bijkeuken liggen. Ze waren voor de familie Den Duyvel bedoeld. Coorte kende asperges. Hij had ze op sommige schilderijen gezien, maar nooit gegeten. Toen hij de bundel met de witte spruiten in de donkere voorkeuken zag liggen, kon hij zijn ogen nauwelijks van hen afhouden. Hun witte kleur deed hem denken aan ivoor. Ze leken als kaarsen uit de donkere kamer te schijnen. Het duurde even voordat Hendrikje merkte dat Coorte onophoudelijk naar de bijkeuken staarde zonder zijn soep aan te raken die voor hem stond. Hendrikje kende die blik. Coorte had geen woord hoeven te zeggen. Toen Hendrikje 's avonds laat zijn bed inkroop, lag er een bundel verse asperges op de tekentafel.

Hoofdstuk 18

De dienstmeid had Coorte naar de ontvangstruimte geleid nadat hij zijn laarzen had uitgedaan. Ze was, zoals gewoonlijk, achter de zware eikenhouten deur verdwenen. Eerst hoorde hij stemmen, maar toen stierven ze weg. Het was erg stil geworden. Hij had het schilderijtje met de bundel asperges aan de dienstmeid overhandigd. Coorte had zich zoals gewoonlijk zelfverzekerd gevoeld. Hij wist dat hij het schilderij zou verkopen. Hij moest gewoon geduldig wachten.

Ook dit keer stond het klepje achter de kaart van de Zeven Verenigde Provinciën open. En ook dit keer keek een oog naar hem aan de andere kant van de muur.

En plots had hij een geluid gehoord. Alsof iemand iets op de grond had laten vallen. Iets van metaal, dacht Coorte. De klep achter de kaart was meteen dichtgegaan. Coorte stond voor de muur en keek naar de kaart van de Zeven Verenigde Provinciën. Het was een oude kaart. Op sommige plaatsen waren de naden uit elkaar gevallen. Coorte keek naar de vervaagde kleuren. Hij wist dat er iemand aan de andere kant van de muur was. Iemand die, zoals hij nu, stil was geworden en zijn adem inhield.

Op dat ogenblik was de zware eikenhouten deur opengegaan en de dienstmeid had Coorte een zakje met munten overhandigd. Coorte had nog een blik op de kaart geworpen en volgde de dienstmeid naar de voordeur.

Die dag begon Coorte niet, zoals gebruikelijk, met de drie uur durende wandeling naar Oostkapelle. Coorte bleef in Vlissingen en wachtte. Hij wachtte tot het avond werd en liep toen terug naar de achterhaven waar zich het herenhuis van zijn beschermheer bevond. Hij ademde zwaar en wist niet zeker of hij wel het juiste deed. Hij stond in een donkere nis en keek omhoog naar het huis. De ontvangstruimte was donker, maar de kamer ernaast was met kaarsen verlicht. Coorte wachtte. Er was lange tijd niets te zien. Maar toen was er een gestalte voor het raam verschenen. De gestalte van een jonge vrouw. Een mooie vrouw. En toen had Coorte Isabel d'Hondecoeter herkend. Er kon geen twijfel over bestaan. Het was Isabel, de dochter van zijn meester.

Terwijl Coorte naar Isabel keek, verschenen opnieuw zijn leerjaren in Amsterdam voor zijn innerlijk oog. Als een bliksemflits zag hij het ogenblik dat hij Isabel had ontmoet. Isabel was de eerste vrouw waar hij mee geslapen had. En toen zag hij de tijd dat Isabel zwanger was geworden. Zwanger van hem.

Was zij het die iets op de vloer had laten vallen in de kamer ernaast terwijl hij op het geld wachtte? Was zij degene die de opdracht gaf voor de schilderijen? De letters I.H. suggereerden dat. Dus I.H. stond voor Isabel D'Hondecoeter. En waarom was ze naar Zeeland gekomen?

Coorte kon zich niet bewegen zolang hij het silhouet van Isabel aan het raam zag. Er was geen twijfel mogelijk. Zij was het.

Later, toen hij in het donker naar huis ging, voelde hij hetzelfde onbehagen dat hij jaren eerder had gevoeld toen Isabel zwanger van hem was. Het dode kind was het einde van zijn liefde geweest. Hij had geprobeerd Isabel te vergeten door uit Amsterdam weg te lopen. En het was hem gelukt. Hij was een nieuw leven begonnen. Het was Hendrikje geweest die het nieuwe leven voor Coorte belichaamde. Isabel was het oude leven. Het leven dat hij had achtergelaten. Coorte was iemand anders geworden. Hij had zijn eigen atelier. Zijn schilderijen werden gekocht. En hij had Hendrikje. Isabel paste niet in zijn nieuwe leven. Maar haar plotse verschijnen had hem verontrust.

Hoofdstuk 19

In de dagen nadat hij in Vlissingen was geweest, had hij zijn atelier nauwelijks verlaten. Hij was ook niet naar Hendrikje gegaan, hoewel hij wist dat ze naar hem verlangde. Hij probeerde te werken, maar het lukte hem nauwelijks. Steeds weer verscheen Isabel voor zijn innerlijke oog. Steeds weer keek hij naar het handschrift, haar handschrift, dat de brieven aan hem had geschreven. Isabel had nu schilderijen van hem. Bovenal had ze het schilderijtje met de bundel asperges. En hij, Coorte, had haar geld. Wiens geld was het? Wilde D'Hondecoeter hem terughalen naar zijn atelier en had hij Isabel gestuurd om hem te kopen? Of was Isabel op eigen vuist gekomen? Waarom kocht ze dan zijn schilderijen?

Toen Hendrikje 's avonds laat bij hem aanklopte, aarzelde Coorte. Pas toen Hendrikje een tweede keer klopte, deed hij open. Stil, zoals altijd, ging Hendrikje op zijn bed zitten en maakte haar muts los. Coorte ging verder met het fruitje dat op zijn ezel stond. Het was een beeld met kruisbessen. Hij zou het Backx aanbieden. Niet Isabel.

Coorte voelde de blik van Hendrikje op hem rusten. Ze wachtte geduldig zoals altijd. Ze zou die nacht lang wachten, want Coorte zou niet naar bed gaan tot hij voelde dat de slaap haar had overmand.

Hij kon die nacht zelf geen slaap vinden. Steeds weer zag hij Isabel voor zich. Hij zag haar jeugdige lichaam dat hij ooit had liefgehad. Hij had zich naast Hendrikje's zware lichaam neergelegd, maar hij had aan Isabel moeten denken. Isabel op Walcheren! Hij voelde het warme lichaam van Hendrikje. Hij hoorde haar diepe slaap, die tot uiting kwam in haar adem. Hij had zijn hand tussen haar schouderbladen gelegd. Hendrikje had even gebeefd. Ze had diep geademd en had verder geslapen. En toen dacht hij weer aan Isabel die hij bij het raam van het herenhuis had gezien. Ze leek dichter bij hem dan de vrouw die naast hem in zijn bed lag. Pas toen Hendrikje opstond, was Coorte in slaap gevallen. Het was een onrustige slaap. Een slaap met verwarrende dromen.

Isabel was zijn leven binnengedrongen zoals hij dat bij haar had gedaan toen hij nog in de leer was in het atelier van haar vader. Coorte voelde dat zijn gemoedsrust weg was. En hij zou hem niet meer terugkrijgen zolang Isabel in Walcheren was. Hij voelde dezelfde gloed, dezelfde waanzin als in de eerste weken dat hij Isabel had ontmoet. Coorte de stille, Coorte de rustige, de stoïcijn, was weer een waanzinnige geworden. Toen ging het alleen maar om een jeugdige brand die net zo snel was gedoofd als dat hij was aangestoken. Nu had Isabel niet alleen het vuur weer aangewakkerd. Ze had zich in zijn leven genesteld. Isabel had het beste genomen van wat hij had. Zijn beste werk, geïnspireerd door Hendrikje.

Coorte wist niet welk gevoel bij hem sterker was: het verlangen naar Isabel's lichaam of zijn boosheid over het feit dat ze zijn beste werk had durven kopen. En dan ook nog anoniem. Hij was woedend omdat hij zich verraden voelde. Verraden en naakt. Hij voelde zich overgeleverd aan de genade van Isabel. Isabel, de geest van zijn dromen. Isabel, voor wie hij alles had opgegeven.

Hij probeerde te werken, maar dat lukte niet. Het was alsof ineens een vreemde hand het penseel leidde. Het was alsof hij bezeten was door een vreemde geest die de macht over hem had overgenomen. Hij was zichzelf niet meer. Het was alsof de oude D'Hondecoeter het penseel uit zijn hand had genomen en alsof hij hem vertelde wat hij moest schilderen, zoals toen in Amsterdam. Coorte had het penseel weggelegd alsof het een vreemd voorwerp was. Plotseling had hij het gevoel dat hij niet meer alleen was met Hendrikje. Alsof de hele Amsterdamse maatschappij zijn atelier was binnengeslopen. Als er één ding was dat Coorte niet mocht, dan was het wel dat iemand zich met zijn zaken bemoeide.

In de dagen daarna bleef hij humeurig en reageerde nauwelijks. Hendrikje slaagde er ook niet in haar minnaar te sussen. Ze voelde zijn wrok, maar omdat Coorte, zoals altijd, geen woord zei, voelde ze zich steeds machtelozer. Ze had het gevoel dat Coorte zich van haar terugtrok.

Toen hij een paar dagen later naar Middelburg vertrok om zijn vriend Pieter te bezoeken, kwam hij met lege handen. Hij had Backx al een tijdje geen schilderij meer kunnen aanbieden. Isabel had alles gekocht.

"Backx was hier en vroeg opnieuw om een schilderij. Ik zou hem niet te lang laten wachten", had Pieter Bustijn hem terloops verteld toen de twee vrienden een wandeling langs de Singel van Middelburg maakten.

Coorte had in stilte naar de opmerking van zijn vriend geluisterd. Toen ze de koopmanshaven bereikten, stond Coorte plotseling stil en zei in een bijna fluisterende toon: "Er is een tweede koper."

"Backx zal dat niet leuk vinden. Hij denkt nog steeds dat hij de enige is die je werk verzamelt."

"Is hij niet," had Coorte droogjes gezegd.

Hij had niet gezegd wie de koper was en Pieter had instinctief begrepen dat het beter was om het niet te vragen.

Hoofdstuk 20

Zelfs na de wandeling met zijn vriend wist Coorte niet hoe hij met de komst van Isabel moest omgaan. Hij kon haar gewoon negeren en meer schilderijen aanbieden, zolang ze om meer vroeg. Hij wist niet zeker of hij haar weer wilde zien. Er waren jaren verstreken sinds hij Amsterdam had verlaten en hij had zich op zijn gemak gevoeld in Oostkapelle. Samen met Hendrikje leefde hij een bescheiden geluk, wat voor hem genoeg was.

Meer nog dan het feit dat Isabel was verschenen, irriteerde hem het feit dat ze zijn schilderijen kocht. Coorte was iemand die niet gemakkelijk in de war raakte, maar de voorstelling dat zijn beste werk in haar bezit was, leek hem een ondraaglijke gedachte.

Dat Backx werk van hem had, had hij niet erg gevonden. Misschien was hij bang dat zijn schilderijen in handen van D'Hondecoeter zouden vallen. Dat moet ik ten allen prijze vermijden, zei hij tot zichzelf. Hij kon zijn afkeer voor deze voorstelling niet verklaren. Alsof hij zijn fruitjes tegen de Amsterdamse wereld wilde beschermen.

Toen Coorte de volgende dag naar Vlissingen ging en ongevraagd aan de deur van het herenhuis klopte, liet de dienstmeid hem weer binnen in de kamer met de landkaart. Toen ze naar zijn verzoek informeerde, liet hij haar weten dat hij zijn schilderijen wilde terugkopen. De meid had hem verbaasd aangekeken en verdween zoals gewoonlijk achter de eikenhouten deur. Ze was langer weggebleven dan normaal. Coorte had onrustig door de kamer gelopen. Hij draaide rondjes rond de grote tafel met het rode tapijt. Uiteindelijk was hij lang naast de kaart blijven staan, had hij zijn oor te luisteren gelegd, alsof hij Isabel's adem op deze manier kon horen.

Toen de dienstmeid na lang wachten eindelijk verscheen, kreeg hij droogjes te horen dat men zijn wens met spijt niet kon vervullen. De schilderijen waren op een correcte manier besteld en hij, Coorte, was voor elk ervan betaald geweest.

Coorte had even geaarzeld toen de dienstmeid hem met een teken naar de uitgang wilde leiden. Uiteindelijk had hij zich gerealiseerd dat de hele zaak geen zin had en hij volgde de dienstmeid naar de voordeur. Toen de deur achter hem gesloten werd, vroeg hij zich even af of hij nog eens zou kloppen en naar Isabel zou vragen. In plaats daarvan was hij een tijdje op straat blijven staan, alsof hij vergeten was hoe hij moest lopen.

Achter een gordijn op de eerste verdieping hadden twee ogen op hem neergekeken. Het waren Isabel's ogen geweest. Meer dan hem van bovenaf bekijken, had ze op die dag niet gekund.

Hoofdstuk 21

Toen Hendrikje 's avonds laat op zijn deur klopte, weigerde hij te openen. De volgende avond weigerde hij haar ook binnen te laten. Zelfs de huilende en bedelende stem van zijn geliefde voor de deur kon hem niet van gedachten doen veranderen. Hij bleef koel voor zijn raam staan en keek in de donkere siertuin, die zich als een nachtelijk spook voor hem uitstrekte.

Twee dagen erna kreeg hij opnieuw een brief. Hij herkende het handschrift. Het was hetzelfde handschrift dat de schilderijen bij hem had besteld. Coorte wist dat het handschrift van Isabel was.

Lieve Adriaen,

Hoewel ik niet graag je wens om je schilderijen aan jou terug te geven zou willen vervullen, ben ik bereid om dit te overwegen. Tegelijkertijd wil ik je aan je belofte herinneren om met mij te trouwen. Je plotselinge vertrek uit Amsterdam heeft me erg verdrietig gemaakt. In de weken na de dood van ons kind, was ik niet in staat om je te gaan zoeken. Mijn vader zou me dat trouwens verboden hebben.

Nu mijn lieve vader is overleden, kan ik me alleen nog maar tot jou wenden met het verzoek om je belofte te houden. Zoals je weet, ben ik de enige dochter van jouw leraar, maar door de hoge schulden die mijn vader had gemaakt toen hij nog leefde, kon ik zijn erfenis niet opnemen.

Ik ben niet degene die je schilderijen koopt, maar jouw broer Jacob Michiel. Maar de koop van je schilderijen was voor mij een manier om je te zien zonder dat ik je te nakom. Ik kan je verzekeren dat je mij nog meer bevalt dan toen je bij ons in Amsterdam woonde. Ik smeek je daarom om mij toe te staan je persoonlijk te mogen ontmoeten. Kom naar het herenhuis waar je je schilderijen hebt verkocht.
I.H.
Isabel D'Hondecoeter

De inhoud van de brief liet Coorte sprakeloos achter. Hij voelde woede in zich opkomen bij de gedachte dat het zijn oudste broer was die zijn schilderijen had gekocht. Hoe durfde hij het aan, zijn schilderijen anoniem te kopen? En nu had Isabel een brief aan hem geschreven. Ze had hem herinnerd aan de huwelijksbelofte die D'Hondecoeter hem had opgedrongen. Na de doodgeboorte van het kind was de kous af geweest voor Coorte. D'Hondecoeter had hem verboden om in de buurt van zijn dochter te komen. Toen Coorte de woorden van Isabel herlas, voelde hij zijn handen beven. Hij voelde de koorts die hij had gekend toen hij Isabel voor het eerst had aangeraakt. Ook zij beefde toen hij haar wang had aangeraakt. Hij voelde zijn geslacht verstijven. Het idee van een hereniging met Isabel werd sterker naarmate hij Isabel's woorden fluisterend herhaalde. Haar woorden wakkerden het vuur aan dat in hem smeulde sinds haar verschijnen op Walcheren.

Hoofdstuk 22

De dienstmeid van het herenhuis keek hem sceptisch aan toen hij weer voor de deur stond. Ze vroeg Coorte om op de drempel te wachten nadat hij zijn wens had geuit om Isabel D'Hondecoeter te zien. Toen ze na een tijdje terugkwam, liet ze hem terug in de ontvangstkamer binnen. Het duurde niet lang voordat de zware eikenhouten deur openging en Isabel voor hem stond.

Nadat ze een tijdje in stilte tegenover elkaar hadden gestaan, zei Isabel: "Ik ben blij dat je bent gekomen, Adriaen. Het spijt me van de schilderijen. Ik heb geen andere manier gevonden om je te benaderen. Ik wilde zeker weten dat je zou komen zodat ik je kon zien, zonder je ertoe te dwingen."

"En waarom ben je nu pas gekomen?"

"Mijn vader liet het me niet toe. Hij was zo boos op je."

"Waarschijnlijk omdat hij nu zelf de distels naast zijn ganzen moest schilderen."

"Ik smeek je, zeg geen slecht woord over mijn vader. Hij is dood."

"Het spijt me, Isabel. Hij was een groot schilder."

"En nu ben jij een groot schilder."

"Daar ben ik niet zeker van."

"Ja, dat ben je. Je werk is prachtig."

"Jacob heeft de schilderijen gekocht."

"Ja, maar hij is bereid om ze terug te geven als je hem het geld teruggeeft."

"Hij mag zijn geld hebben."

Coorte leek nerveus. Toen hij voor Isabel stond, zag hij tegelijkertijd Hendrikje voor zich staan. Hij had haar al dagen niet in zijn buurt laten komen en nu vroeg hij zich af of hij niet een vreselijke vergissing beging. Hij was blij dat hij eindelijk voor Isabel stond, maar hij kon haar niet in zijn armen nemen.

"En, Adriaen, heb je nagedacht? Wil je met me trouwen?"

Het werd stil. Zo stil dat het als een *nee* voelde.

Ze was veranderd, dacht Coorte. Ze was uitgegroeid tot een zelfverzekerde vrouw. Een vrouw die wist wat ze wilde. Maar Coorte was gewend om zijn eigen beslissingen te nemen. Hij hield niet van de manier waarop Isabel hem zo direct aan zijn belofte herinnerde. Hij had het D'Hondecoeter moeten beloven.

Coorte was een man geworden die niet meer zo gemakkelijk beloften deed. En zeker niet als hij ertoe gedwongen werd.

"Ik weet het niet, Isabel."

Meer had hij niet kunnen zeggen. Hij nam zijn hoed, die hij op de tafel met het rode tapijt had gelegd en verliet het huis.

Op de aarden weg naar Oostkapelle zoemden duizenden beelden door zijn hoofd. De gedachte aan huwelijk was nooit bij hem opgekomen. Hij had het te druk gehad met zijn schilderkunst om naar een vrouw te zoeken. Om nog maar te zwijgen over kinderen en een gezin. Coorte was geen familieman. Familie was iets wat je had toen je als klein kind op de aarde kwam. Coorte had een familie. Die was er altijd al geweest. Ze had hem terug opgenomen nadat hij uit Amsterdam was gevlucht. Het idee om zelf een gezin te stichten was zo ver weg van zijn gedachten. Hij voelde dat het Isabel's diepste wens was dat hij ja zou zeggen. Tegelijkertijd was hij zich maar al te goed bewust van wat de gevolgen zouden zijn. Hij moest denken aan de beschrijving van de vroedvrouw na de dood van het kind dat hij met Isabel had gehad. Hij had geprobeerd de doodgeboorte te vergeten, maar dat was niet gelukt. Als het leven op zo'n wrede manier eindigt voordat het begint, waarom zou men zich er dan aan overgeven, dacht hij. Doodgeborenen kwamen vaak voor. Sommige families hadden zeven, acht en nog meer doodgeborenen meegemaakt. Als een kind het tot leven bracht, was dit op zich al bijna een wonder. Hij kon niet echt uitleggen waarom hij het niet opnieuw met Isabel wilde proberen. Natuurlijk voelde hij het vuur in zijn lichaam, net als toen in Amsterdam. Maar de gedachte aan de doodgeboorte van hun kind weerhield hem ervan om weer bij Isabel te willen zijn. De dood is tussen ons, dacht hij.

Toen Coorte Oostkapelle bereikte, begon het al donker te worden. Hij kwam zijn atelier binnen en voelde meteen dat hij niet alleen was. Hendrikje was gekomen. Ze lag in zijn bed en was naakt. Coorte knielde voor haar neer en begon haar borsten te kussen. Zijn geslacht richtte zich op en hoewel hij moe was van het lopen, voelde hij dat het vuur, dat hij had gemist toen hij Isabel ontmoette, in hem opkwam. Toen Hendrikje haar benen opende, drong Coorte krachtig bij haar binnen. Ze voelde ook zijn vuur, hoewel ze niet wist waar het plotseling vandaan kwam.

Nadat Coorte zijn lust bij haar had uitgeleefd, had Hendrikje hem stevig in haar armen genomen. Een traan had haar linkeroog verlaten, maar Coorte had het niet gezien. Coorte was de enige mens die iets voor haar betekende. Hendrikje had dagenlang tevergeefs op hem gewacht. Ze was bijna uitgeput en haar angst dat Coorte zich om een of andere reden van haar zou kunnen afwenden was van uur tot uur gegroeid. Nadat hij naast haar wilde uitrusten, had ze hem eerst niet meer losgelaten. Hij had begrepen dat ze de omarming nodig had.

Maar zodra hij op zijn rug naast haar lag, verscheen Isabel's gestalte voor zijn innerlijke oog. Het gesprek met haar was kort geweest en nadat ze hem had aangespoord zijn huwelijksbelofte na te komen, was hij op de vlucht geslagen. Nogmaals, dacht hij. Hij was weer gevlucht. Zijn hele leven leek hem één grote vlucht.

Hij had zich voorgesteld hoe het zou zijn geweest als hij de nacht met Isabel had doorgebracht. Isabel was jonger en in zekere zin ook mooier dan

Hendrikje. Haar tengere lichaam uit die tijd was sterker geworden. Ze had spieren gekregen. Haar stem klonk ook zelfverzekerder. Hij had haar aardig gevonden, maar hij had het haar niet kunnen zeggen. Toen hij het herenhuis had verlaten, had hij zelfs een glimlach op zijn lippen gevoeld, die hij onmiddellijk had proberen te onderdrukken.

Eigenlijk was Coorte gevleid dat Isabel naar Zeeland was gekomen om hem te herinneren aan zijn huwelijksbelofte. Maar de voorstelling om met haar te trouwen en misschien kinderen met haar te krijgen, maakte hem bang. Bovendien was hij niet eens lid van het Lukasgilde. Hoe zou hij een gezin kunnen onderhouden? En van Isabel was er niets te verwachten in dat opzicht. D'Hondecoeter had niets anders achtergelaten dan schulden. Jammer, dacht Coorte, het atelier had altijd genoeg te doen. Wat had D'Hondecoeter met het geld van zijn klanten gedaan? Had hij het allemaal weggedronken, zoals sommige leerlingen in het atelier beweerden? Hoe was dat mogelijk?

Coorte bleef urenlang wakker, zelfs nadat Hendrikje al in slaap was gevallen. De gedachte om het misschien toch met Isabel te proberen, liet hem niet los. Maar wat zou er dan met Hendrikje gebeuren? Moest hij haar in Oostkapelle achterlaten? En moest hij Isabel naar Amsterdam volgen? Hij vond het idee helemaal niet leuk. Hij was klaar met Amsterdam. Hier in Zeeland kon hij doen wat hij wilde. Bovendien waren er mensen als Backx, die zijn schilderijen kochten zonder vragen te stellen. Moest hij dat allemaal opgeven om bij Isabel te zijn?

Hoofdstuk 23

In de daaropvolgende dagen probeerde Coorte te werken, wat hem slechts halfslachtig lukte. Meerdere malen moest hij een detail op het schilderij met de kruisbessen overschilderen. Zijn gedachten bleven rond Isabel draaien, die op hem wachtte.

In de late namiddag werd hem een pakje bezorgd. Het kwam uit Vlissingen. Het bevatte alle schilderijtjes die hij in het herenhuis had verkocht. Het schilderij met de bundel asperges was er ook bij. Toen hij elk schilderij in zijn handen nam, had hij het gevoel alsof Isabel ze hem persoonlijk had overhandigd. Alsof ze van haar handen in de zijne waren overgegaan.

Coorte had de schilderijen nodig. Backx wachtte ongeduldig op nieuwe, zoals Pieter hem had verzekerd. Maar nu Isabel ze naar hem had gestuurd, wilde Coorte ze niet meteen naar Middelburg brengen om ze aan Backx te verkopen. Hij bewaarde ze in zijn atelier en verborg ze in zijn kast voor Hendrikje. Hij wilde niet dat Hendrikje iets over Isabel vernam. En hij wilde niet dat Isabel wist van Hendrikje.

Diezelfde dag vertrok hij weer naar Vlissingen. Naar Isabel. Hij wist dat ze op hem wachtte. Toen de dienstmeid hem binnenliet, kon hij nauwelijks wachten om haar te zien. Omdat hij onaangekondigd was gekomen, moest hij even wachten. Maar toen Isabel de ontvangstkamer binnenkwam, had ze een stralende glimlach op haar gezicht. Het was dezelfde glimlach die Coorte kende uit zijn tijd in Amsterdam. Het was een glimlach waarmee ze elke man voor zich had kunnen overwinnen.

Coorte wist in zijn hart dat hij van Isabel hield. Hij hield van haar vanaf het eerste moment dat D'Hondecoeter hem bij hem thuis had uitgenodigd en hij haar had gezien. Op dat moment was de glimlach van Isabel nog verlegen geweest. D'Hondecoeter had het niet gemerkt. Hij had het te druk over de jachtstillevens gehad die hij nog met Coorte wilde maken. Hij zag een gouden toekomst voor het atelier en Coorte moest hem helpen die gouden toekomst te realiseren. Hij was zo gretig en dronk zo veel wijn dat hij niet meekreeg dat Coorte maar één ding in zijn hoofd had: zijn enige dochter, die meteen gek was van hem.

Coorte voelde dit gevoel weer toen hij opnieuw voor Isabel stond. Hij vond haar buitengewoon leuk, alsof hij haar voor het eerst zag. Toen ze op het strand van Vlissingen gingen wandelen, vertelde Isabel hem wat er was gebeurd na Coortes vertrek uit Amsterdam. D'Hondecoeter was stil en soms zelfs lichtgeraakt geweest. Hij had zijn woede over Coorte's verdwijnen nauwelijks kunnen verbergen. Hij kon niet begrijpen waarom Coorte zijn leertijd had afgebroken. Daarmee zette hij zijn hele toekomst op het spel, zei hij telkens weer. Eigenlijk had D'Hondecoeter geprobeerd om Coorte te vergeten. En hij had zijn dochter aangespoord hetzelfde te doen. In stilte had ze steeds weer aan hem gedacht. Ze had nog wat schetsen en kleine schilderijtjes, die hij haar had gegeven in de korte tijd dat ze elkaar in het geheim hadden ontmoet. Ze had ze als een geheime schat onder haar bed gehouden, zodat haar vader ze niet kon vinden. En stiekem had ze altijd gehoopt dat Coorte op een dag terug zou komen. Toen dit niet gebeurde en de toestand van haar vader steeds slechter werd, voelde ze zich genoodzaakt hem geleidelijk aan te vergeten, wat ze slechts met veel moeite had kunnen doen.

Toen haar vader was overleden, had ze in zijn nalatenschap enkele brieven gevonden die Coorte's moeder hem had geschreven. Ze had herhaaldelijk willen weten hoe het met haar zoon in Amsterdam ging. D'Hondecoeter had haar brieven blijkbaar gewetensvol beantwoord, want in elke latere brief had zijn moeder verwezen naar wat hij in zijn antwoord had geschreven.

Nadat Isabel de brieven had gelezen, had ze al haar moed bij elkaar geraapt en maakte ze zich op voor de lange reis naar Walcheren. Toen ze op het eiland aankwam, had ze Coorte's moeder in Middelburg opgezocht en haar verhaal gedaan. Coorte's moeder had haar afgeraden onmiddellijk haar zoon op te zoeken. Je kunt het hart van mijn zoon alleen winnen als je zijn werk bewondert, had ze gezegd. En dan had ze voor haar een baan geregeld in het herenhuis in Vlissingen, waar ze zich had gevestigd. Het idee om de schilderijen op te kopen kwam van haar. Coorte's broer Jakob had voor het geld gezorgd zodat Isabel de schilderijen kon kopen.

Coorte kon nauwelijks geloven wat hij hoorde. Hij hield er niet van dat zijn familie zich met zijn zaken bemoeide. En had zijn broer niets beters te doen dan stiekem zijn schilderijen op te kopen?

Maar in het geheim bewonderde hij Isabel's vastberadenheid om hem terug te winnen nadat hij was vertrokken. Coorte beschouwde de kwestie na de dood van het kind als afgesloten. In die jaren had hij er nooit aan gedacht om terug naar Amsterdam te reizen om haar weer te zien. Als er eenmaal iets voor hem afgesloten was, was er geen reden meer om ermee door te gaan. Het was hetzelfde met zijn schilderijen. Eenmaal geschilderd, kon hij met gemak van het werk scheiden of keek hij er niet meer naar, zoals het geval was met de twee vanitas-schilderijen die hij had gemaakt. De enige uitzondering was het eerste schilderij met de aardbeien, waartoe Hendrikje hem had geïnspireerd. Maar anders nam hij afscheid van zijn werk zoals je van een paar oude laarzen of een oude hoed zou ontdoen.

En het was hetzelfde met mensen. Hij was moeiteloos van zijn meester gegaan, nadat hij hem in zijn woede ertoe had verplicht om met zijn dochter te trouwen. Voor Coorte was het dode kind een bevrijding geweest. In een paar uur tijd had hij de beslissing genomen om Amsterdam achter zich te laten. Op de dag dat hij in de trekschuit naar Haarlem en Delft was gereisd, had hij nog een beklemmend gevoel in zijn maag gehad, alsof hij net een moord op zijn geweten had. Beetje bij beetje had dit gevoel plaatsgemaakt voor een gevoel van leegte. Hij had dagenlang in het Rotterdamse havengebied rondgelopen zonder te eten of te drinken, zonder te weten wat hij moest doen. Pas toen hij aan boord van de lijnboot naar Vlissingen was gegaan, voelde hij zich opgelucht. En toen hij eindelijk weer voet op het eiland Walcheren had gezet, was het alsof er een zware last van zijn schouders was gehaald.

Hij vertelde Isabel dit allemaal, alsof hij zijn hele leven had gewacht om het haar te kunnen vertellen. Ze hadden tijdens hun lange strandwandeling bijna Zoutelande bereikt. Coorte was met Isabel in de duinen gaan zitten en ze hadden in stilte gekeken naar de schepen die uit Vlissingen kwamen en koers op open zee namen.

Coorte legde zijn arm over de schouder van Isabel, die al jaren op niets anders had gewacht. Een traan was over haar wang gelopen terwijl de wind haar haren van onder haar muts had bevrijd. Coorte begon haar zachtjes te strelen en Isabel was dicht tegen hem aan gaan leunen. Coorte was zo betoverd door Isabel dat hij Hendrikje enkele uren was vergeten. Maar toen hij een tijdje met Isabel in de duinen van Zoutelande had gezeten en Isabel begon te beven, had hij weer aan Hendrikje moeten denken.

Coorte was ineens opgestaan en liep met haar snel de hele weg terug naar Vlissingen. Toen ze het herenhuis bereikten, had Coorte plotseling haast om terug te keren naar Oostkapelle. Isabel had geprobeerd hem tegen te houden en nodigde hem uit om te eten, maar Coorte had afgezwaaid. Hij had nog werk te doen, zei hij. De klant wachtte. Hij had zichzelf niet op zijn gemak gevoeld met deze leugen, maar hij had geen andere manier gezien om zijn plotselinge vertrek te rechtvaardigen. Coorte was nerveus en hij was meteen vertrokken.

Hoofdstuk 24

Coorte was helemaal in de war toen hij op de weg van Vlissingen naar Oostkapelle ging. Zijn grote zorg was dat Isabel er misschien achter zou komen dat hij een minnares had. In de schemering realiseerde hij zich niet dat hij van zijn gebruikelijke route was afgekomen. Pas toen hij een oude molen zag, die hij niet kende, besefte hij dat hij de weg kwijt was.

De molen stond op een heuvel en was oud en krom. Haar wieken kreunden bij elke draai. De wind was nog steeds niet gaan liggen en de oude wieken deden hun best om met haar mee te komen. Coorte bleef staan en keek naar het oude gebouw dat er in het laatste licht van de schemering uitzag als een spookachtig wezen aan de horizon.

Toen hij de kleine heuvel naar de molen opklom, zag hij dat het poortje voor de trap van het molenhuis openstond. Het waaide heen en weer in de wind, alsof iemand vergeten was het te sluiten. Toen hij de houten trap naar het molenhuis beklom en op de deur klopte, ging deze vanzelf open. Het oude molenhuis was verlaten. Het was vrij donker binnen, maar omdat de ramen openstonden, vieler nog wat schemerlicht binnen.

Coorte luisterde even naar het kraken in de balken dat het oude gebouw bij elke draai van de wieken maakte. Toen het laatste licht van buiten verdween, voelde hij een diepe vermoeidheid. Het leek hem raadzaam om de nacht in het molenhuis door te brengen, omdat het zoeken naar de weg naar Oostkapelle in de duisternis hem te gevaarlijk leek. Ergens in een hoek zag hij wat stro liggen. Hij nam zijn hoed van zijn hoofd, ging op het stro liggen en bedekte zichzelf met zijn jas. Hij gebruikte zijn hoed als kussen.

Zoals zo vaak, duurde het lang voordat hij in slaap viel, hoewel hij erg moe was. Hij had geen andere keuze dan in volledige duisternis te luisteren naar het geluid van het oude molenhuis en het draaien van de wieken. Diep in de nacht viel de wind weg en het kreunen van de wieken stopte. Coorte was toen al in slaap gevallen.

Het was laat in de ochtend toen hij wakker werd. Hij had wat verwarrende dromen gehad waaraan hij zich nauwelijks herinnerde. Het kreunen van de oude wieken was weer begonnen. Misschien was het het geluid van het oude gebouw dat de dromen had veroorzaakt. De zon scheen al door een van de open ramen van het molenhuis. Toen hij om zich heen keek, besefte hij dat de oude molen al langer geleden was verlaten. Zijn ogen hadden tijd nodig om de weinige voorwerpen te zien. Een oude houten tafel in de hoek had betere dagen gekend en de bank waarop misschien de vroegere bewoner van de molen had gezeten, was omgevallen, omdat er een been ontbrak.

Toen Coorte opstond en de houten deur van het molenhuis opende, waaide de wind vanuit de Noordzee hem in het gezicht. Hij gooide zijn jas over zijn schouders en ging op de bovenste trede van de oude trap zitten. Voor hem ontvouwde zich het landschap, dat bijna heuvelloos was. Aan de horizon dacht hij de lange Jan in Middelburg te herkennen en iets verder de torens van Vlissingen. Hij was blijkbaar ver van zijn gebruikelijke route afgekomen. Hoe had dit kunnen gebeuren, dacht hij. Hij bleef een tijdje op de bovenste trede van de trap zitten en keek naar het landschap voor hem, dat hem vreemd leek, alsof hij in een ander land was ontwaakt. Toen kwamen de beelden van de afgelopen dag bij hem op en opeens had hij het gevoel dat hij Isabel weer tegen zijn schouder aan voelde leunen. Hij had zich op dat moment heel gelukkig gevoeld, alsof er iets in zijn leven ten einde was.

In de verte kon hij de duinen van Oostkapelle zien, waar Hendrikje op hem wachtte. Hij was in tegenstelling tot zijn gewoonte niet naar huis gegaan. Misschien had Hendrikje op hem gewacht? En hoe langer hij zijn verwarde gedachten volgde, hoe minder hij de neiging bespeurde op te staan om naar Oostkapelle te gaan. Hij was weer eens voor Isabel gevlucht, dacht hij bij zichzelf. Nogmaals. Hij vroeg zich af of het niet beter was om terug te gaan naar Vlissingen om bij Isabel te zijn. Misschien kon een nieuwe dag met haar wat meer duidelijkheid brengen. Misschien zou hij dan begrijpen waarom ze weer in zijn leven was gekomen. En hij zou ineens weten wat hij moest doen.

Misschien zou Hendrikje op een dag beseffen dat hij voorbestemd was om zijn verdere leven met Isabel te leiden. Maar tegelijkertijd realiseerde hij zich hoe moeilijk het voor hem zou zijn om afscheid te nemen van Hendrikje. Hij probeerde het zich voor te stellen, maar hij slaagde er niet in een zin te formuleren die een dergelijke beslissing zou kunnen uitdrukken. Hendrikje was niet weg te denken uit zijn leven. Net zoals het nu onmogelijk was geworden om zich een leven zonder Isabel voor te stellen.

Coorte probeerde te begrijpen welke zin hij in zijn leven moest zien. Had hij niet uit Koerbagh's boek geleerd dat de dingen zijn zoals ze zijn. En dat het nutteloos is om te zoeken naar enige betekenis in de dingen. Had hij niet de strenge school van de nauwgezette observatie doorlopen? En had hij niet jarenlang nodig gehad om te begrijpen dat alleen datgene wat zichtbaar of voelbaar was, echt was? Datgene wat je met je handen kon vastpakken.

Coorte moest toegeven dat hij niet in staat was tussen Isabel en Hendrikje te kiezen. Hij dacht aan D'Hondecoeter, die had moeten kiezen tussen het leven van zijn dochter en het leven van zijn kleinkind. Het was wreed om zo'n beslissing te moeten nemen. Hij vond het ronduit oneerlijk dat het leven hem voor zo'n beslissing had geplaatst. Hij voelde zich alleen met zijn gedachten en met de beslissing die hij niet kon nemen.

En hoe meer hij erover nadacht en hoe meer hij keek van Vlissingen naar Oostkapelle en van

Oostkapelle terug naar Vlissingen, hoe verwarder hij zich voelde. In de schilderkunst was het voor hem altijd gemakkelijk geweest om een beslissing te nemen. In de schilderkunst kon je, als je eenmaal een beslissing had genomen, deze niet meer ongedaan maken, maar je kon wel een nieuw schilderij maken. Dit ondervond hij als een groot geluk. De motieven mochten vergelijkbaar zijn, maar door de manier waarop hij de compositie benaderde, kreeg hij altijd een nieuwe kans om een nieuwe kleine wereld te creëren. Het was gemakkelijk voor hem. En zolang hij zich binnen de nauwe grenzen van zijn kunst bewoog, had hij zich veilig gevoeld. Zijn eenvoudige geluk met Hendrikje had daar niets aan veranderd, want Hendrikje stelde geen vragen. Hendrikje was er als ze nodig was en ze kwam graag.

Heel anders zou het met Isabel zijn. Isabel stelde voor hem het leven in de stad voor. Isabel was Amsterdam. Voor Coorte bleef Amsterdam, met al zijn uitdagingen, zijn gevaren, een verre plek die hij allang had achtergelaten. En in Zeeland had hij zich veilig gevoeld van deze gevaren. Hier kon hij het leven leiden dat hem goed uitkwam. Isabel was een onbekende wereld. Een wereld die hij niet echt begreep. Hendrikje was eenvoudig. Hij begreep Hendrikje. En toch voelde hij zich tot Isabel aangetrokken, net zoals hij zich op een dag als kind, tot Amsterdam had aangetrokken gevoeld. Zijn moeder had hem naar het atelier van D'Hondecoeter gestuurd, omdat de jonge Adriaen een tekentalent leek te hebben. Amsterdam was een grote uitdaging voor hem geweest. Maar het enige wat hem echt interesseerde waren de lessen in het atelier. Coorte had zich volledig aan de schilderkunst gewijd. En Isabel was in zijn leven gekomen als een bliksemflits in de nachtelijke hemel. Ze was er gewoon op een dag geweest toen D'Hondecoeter hem naar zijn huis had gebracht. Hij had zich niet kunnen verzetten. Hij was verliefd geworden op de ogen van dat jonge meisje.

En nu was het weer gebeurd. Nu was ze een tweede keer in zijn leven gekomen, zonder dat hij het wilde en zeker niet verwachtte. Coorte kon het niet begrijpen. En hoezeer hij ook naar Isabel verlangde, hij verlangde ook terug naar Hendrikje en naar zijn oude leven, ook al leek dat oude leven nu bedreigd.

Toen Coorte de oude molen verliet, ging hij niet naar Oostkapelle. Hij bracht een bezoek aan zijn vriend Pieter Bustijn. Pieter ontving hem in zijn muziekkamer.

Hij werkte aan een koraal dat hij voor de Scola schreef. Omdat Coorte, zoals altijd, weinig zei, merkte hij in eerste instantie niet dat er iets zijn jonge vriend leek te storen.

"Backx is deze week weer langsgekomen."

"Ik heb meerdere schilderijen voor hem."

"Meerdere? Onlangs zei je dat je niets had?"

Hij zei het op een rustige ironische toon, zonder te overdrijven. Hij wist hoe gevoelig Coorte was.

"Meerdere."

Dat is alles wat Coorte zei.

"Is er iets mis, Adriaen?"

Het werd stil. Coorte bleef in het midden van de muziekkamer staan en zei geen woord meer. Toen Pieter zijn schouders optrok en door zijn partituren begon te rommelen, stapte Coorte naar de deur en verliet het huis zonder een woord te zeggen.

Daar was het. Nu had hij zelfs zijn vriend tegen zich in het harnas gejaagd. Coorte was woedend. Woedend op zichzelf omdat hij niet kon zeggen wat er in zijn hoofd omging. Maar Pieter kon hem ook niet helpen. Niemand kon hem helpen. Hij had geen andere keuze dan naar huis te gaan en te doen wat hij altijd deed als hij in de problemen zat. Hij stortte zich op het werk.

Zodra hij in Oostkapelle aankwam, ging hij voor zijn ezel zitten en begon te schilderen. Hij schilderde de hele dag door totdat hij zijn penseel niet meer kon vasthouden. Op dat moment werd er op zijn deur geklopt. Coorte wist dat het Hendrikje was. Ze gooide zichzelf om zijn hals en drukte hem stevig tegen haar mollige lichaam aan. Coorte voelde haar warmte en haar drang om bij hem te zijn en hem te voelen. Hij liet het gebeuren. Hij voelde dat Hendrikje met hem wilde slapen. Ze begon zijn hemd los te knopen en zijn riem los te maken. Coorte mompelde iets over verf op zijn vingers, maar Hendrikje leek zich daar niets van aan te trekken. Hendrikje wilde hem. Ze wilde hem onmiddellijk.

Nadat hij met Hendrikje had geslapen en zij in een diepe slaap was gevallen, stond hij op en opende het raam van zijn atelier. Hij ademde de frisse nachtlucht in en toen hij zijn ogen liet dwalen in de tuin en in de donkere verte, verscheen het beeld van Isabel weer voor zijn ogen. Ergens in de verte wachtte ze op hem. Coorte wist dat hij de volgende dag naar Vlissingen zou gaan. Hij moest naar Vlissingen gaan.

Hoofdstuk 25

Toen hij op de poort van het herenhuis klopte, dacht Coorte dat hij gek aan het worden was. Isabel ontving hem met stralende ogen en wierp zich om zijn hals, net zoals Hendrikje de avond ervoor had gedaan. Nu was het een jong en slank lichaam dat zich tegen hem aan drukte. Het was het lichaam van een vrouw die precies wist wat ze wilde. Maar wist Hendrikje niet ook wat ze wilde? De beelden van de vorige nacht kwamen bij hem op, toen hij in Hendrikje's schoot was gedrongen. Hij had haar hartstochtelijk liefgehad.

Hoewel Coorte heel goed wist dat er in de Zeven Verenigde Provinciën veel mannen waren die er twee, en sommigen zelfs drie of vier vrouwen op na hielden, voelde hij zich ongemakkelijk bij de gedachte. Alsof hij iets deed wat verboden was. Hij dacht aan het boek van Adriaen Koerbagh, waarin duidelijk stond dat alle wetten door mensen zijn gemaakt. Niet door God, ook al werden de predikers in de kerken het nooit beu om dit te benadrukken. Alles wat in deze wereld tot de gebruiken, gewoontes en wetten behoorde, was op een gegeven moment door iemand bedacht. De wetten en gebruiken waren dus niet goddelijk en dus kon men ze veranderen. Dit alles ging door zijn hoofd toen Isabel hem uitnodigde in het huis waar ze woonde en werkte en hem uiteindelijk naar de tuin leidde waar ze op een bankje achter een waterput ging zitten.

"Ik zit hier vaak en denk aan jou," zei ze.

En hoewel Coorte het leuk vond wat ze zei, voelde hij zich nog steeds ongemakkelijk, omdat hij het gevoel had dat hij werd meegesleept in iets waarvan het moeilijk zou zijn om er weer uit te komen. Wat zou hij doen indien Isabel hem uitnodigde naar Amsterdam te komen om er met haar te gaan wonen?

Hoofdstuk 26

Coorte begon tussen Vlissingen en Oostkapelle heen en weer te gaan. Hij bracht de meeste nachten thuis door met Hendrikje en overdag liep hij naar Vlissingen en bracht de dag door met Isabel. Het begon een gewoonte te worden en hij begon het zelfs leuk te vinden. Hendrikje durfde niet te vragen waarom hij zo vaak naar Middelburg moest, zoals hij beweerde. Ze wist heel goed dat Coorte over zijn zaken zweeg. Hij was iemand die zich niet in zijn kaarten liet zien. Isabel was daarentegen blij met zijn regelmatige bezoekjes, hoewel ze het vreemd vond dat Coorte altijd naar huis moest, zoals hij het noemde. Hij rechtvaardigde het door te zeggen dat hij moest schilderen. Isabel had genoeg tussen de kunstenaars geleefd om te begrijpen dat men hun vrijheid moest respecteren.

Hij lag in bed met Isabel en kuste haar teder op haar hals of op het voorhoofd. Uiteindelijk begon hij haar ook op de mond te kussen. Toen voelde hij dat Isabel zich nog dichter bij hem genesteld had, alsof ze nog dichter bij hem wilde zijn dan ze al was. Nadat Coorte Amsterdam was ontvlucht, hadden enkele welgestelde mannen interesse getoond, maar Isabel had ze allemaal afgewezen. Nu ze Coorte in haar armen hield, wilde ze dat ze hun liefde beleefden, maar ze had al snel door dat Coorte daar niet klaar voor was. Eenmaal wilde ze zijn riem openen, maar Coorte legde zijn hand op de hare en trok haar zachtjes op zijn borst. Ze had het begrepen.

Coorte leefde de liefde met Hendrikje, hij leefde haar hartstochtelijk. En hoe vaker hij Isabel zag, hoe hartstochtelijker en wilder de nachten werden die hij met Hendrikje doorbracht. Het was alsof hij met Hendrikje al die dingen moest leven, die hij Isabel ontzegde.

Hoofdstuk 27

Coorte had nooit gedacht dat Isabel op een dag in Oostkapelle zou verschijnen. Ze was direct, maar altijd terughoudend als het om zijn zaken ging. Maar Isabel was ook nieuwsgierig. Ze wilde zien waar hij woonde. Coorte's moeder had haar over de buitenplaats in Oostkapelle verteld, die ze helaas niet zo vaak kon bezoeken vanwege haar leeftijd, ook niet in de zomer. Isabel was ook nieuwsgierig naar Coorte's atelier. Ze wilde zien hoe hij werkte, waar het atelier in het huis was en hoe hij leefde. In plaats van hem te vragen om hem te mogen bezoeken, besloot ze hem te verrassen. Op een dag stapte ze in een postkoets naar Oostkapelle en kwam in de namiddag aan.

Coorte was zoals gewoonlijk laat opgestaan en had zich na een kopje thee in de keuken van het huis voor zijn ezel gezet toen er op zijn deur werd geklopt. Het was Edmond die hem met een stille stem kwam zeggen dat er een bezoeker voor hem was gekomen.

"Een bezoeker?"

"Een dame," zei Edmond.

Coorte legde zijn penseel op de tafel naast hem, veegde zijn vingers aan een doek proper en volgde Edmond naar beneden. In de gang wees Edmond hem de weg naar de ontvangstkamer van de familie. Het was een kamer waar Coorte zelden naar toeging.

Toen hij de deur opendeed, stond Isabel voor hem. Coorte keek haar verbaasd aan. Hij vertrok zijn mondhoeken in een vergeefse poging een glimlach op zijn gezicht te toveren.

"Ik wilde je verrassen."

"Dat heb je gedaan."

"Het is prachtig hier."

"Dit is het huis van mijn familie."

"Ik hou van dit huis, ook al heb ik nog lang niet alles gezien."

"We hebben een mooie tuin..."

"Misschien wil je me eerst een beetje rondleiden in het huis?"

Coorte begreep dat hij Isabel niet zomaar kon wegsturen. Nadat ze hem had omhelsd, stond ze opgewonden voor hem te wachten tot hij haar het huis zou laten zien. Het was niet gebruikelijk dat gasten, vooral niet onaangekondigde, het hele huis te zien kregen. Niemand kwam op het idee om bezoekers de kamers te laten zien, laat staan de keuken of de bijkeuken. Wie zou daarin geïnteresseerd kunnen zijn? De gasten werden vanuit de ontvangstkamer naar de woonkamer, of bij maaltijden, naar de eetkamer geleid. In de zomer werden ze ontvangen op het grote terras voor het huis. Maar dat was het dan. Coorte kon niet begrijpen welke belangstelling Isabel kon hebben voor de veelal lege kamers van de buitenplaats. Had ze geen buitenplaatsen in de buurt van Amsterdam bezocht toen haar vader nog leefde?

Met enige tegenzin begon hij haar door de kamers op de benedenverdieping te leiden, te beginnen met de grote eetkamer, die verbonden was met de woonkamer. Hij leidde haar naar de kelder, waar nauwelijks iets gebeurde omdat zijn moeder liever in Middelburg verbleef. Toen ze de grote houten trap opliepen, die van de ontvangsthal naar de bovenverdieping leidde, liet hij haar de slaapkamers zien, die bijna allemaal onbewoond waren. Hij kwam ook langs de wonderkamer van zijn vader. Tot zijn spijt kon hij hem niet openen, zei hij, omdat hij de sleutel niet had.

"Maar je hebt toch zeeschelpen geschilderd!"

"Dat was een uitzondering," zei hij. Hij verzuimde te vermelden dat hij alleen maar Edmond naar de sleutel hoefde te vragen. Nadat hij de wonderkamer was gepasseerd, wilde hij weer de trap af, maar Isabel bleef voor een deur naast de trap staan.

"En deze kamer?"

Coorte aarzelde toen hij Isabel bij de deur van zijn atelier zag staan.

"Nou, dit is alleen mijn atelier," zei hij.

Isabel glimlachte. Ze wilde zijn atelier zien. Met tegenzin klom hij de trappen weer op. Hij opende de deur en liet Isabel binnen. Maar ze bleef op de drempel staan en keek met grote ogen naar de verduisterde kamer waar alleen door een spleet in de zwarte gordijnen wat licht viel op een stenen plint. Ze herkende de plint onmiddellijk. Er lag een klein twijgje met kruisbessen op. Achter hem stond Coorte's ezel, waarop een houten plank was gespannen.

Ze werd stil, alsof ze de kamer op haar wilde laten inwerken. Terwijl haar ogen aan het donker begon te wennen, deed ze een paar stappen en keek naar het schilderijtje op de ezel. Toen draaide ze zich om en liet haar blik door de hele kamer dwalen. Hij bevroor toen ze in de achterste hoek keek waar Coorte's bed stond. Zijn bed bevond zich niet in een nis. Het stond vrij in de kamer. Je kon er van alle kanten instappen. En Coorte sliep in een huwelijksbed. Het had twee kussens die slordig naast elkaar lagen. En de lakens en de dekens lagen overal verspreid, sommige zelfs op de grond. En aan de rand van het bed hing Hendrikje's muts, die ze vergeten was toen ze 's morgens was opgestaan.

"Vind je de kruisbessen mooi?"

Isabel draaide zich om, wierp een vluchtige blik op het schilderijtje en stotterde: "Ja, natuurlijk. Het is prachtig, Adri..."

Ze had de tweede lettergreep van zijn naam niet kunnen uitspreken, alsof ze eerst tot zich moest komen nadat ze met verbazing naar Coorte's bed had gekeken.

"Ik heb er nog wat werk aan."

"Ja... Natuurlijk," zei ze.

Coorte, die de verwarde blik van Isabel had opgemerkt, was teruggegaan in de richting van het traphuis. Nadat Isabel hem was gevolgd, keek ze nog eens naar het grote bed, alsof ze zeker wilde zijn dat ze niet aan het dromen was. Coorte sloot zachtjes de deur van zijn kamer, alsof hij blij was dat hij dit deel van de rondleiding had afgewerkt. Hij was zich er terdege bewust van dat hij in een pijnlijke situatie zat. Hij vervloekte zichzelf dat hij nooit zijn bed opmaakte nadat hij het had verlaten. Zelfs niet nadat hij er een liefdesnacht met Hendrikje in had doorgebracht, waarvan de sporen nog te zien waren. Hij was het gewoon vergeten toen hij met Isabel zijn kamer binnenstapte. Hij had haar onder een voorwendsel de toegang kunnen ontzeggen, dat hij altijd in verband kon brengen met zijn werk. Hij was zo verrast door haar plotselinge bezoek dat hij niet meer aan het onopgemaakte bed had gedacht.

Isabel liep stil naast hem toen hij haar de tuin liet zien. Hij voelde dat ze dacht aan wat ze net had gezien. Misschien wilde ze het voor zichzelf houden, of misschien was ze op zoek naar woorden om het ter sprake te brengen. Was Adriaen getrouwd? En had hij het voor haar verborgen gehouden? Had hij een minnares met wie hij zijn nachten doorbracht?

Bij elke stap in de tuin voelde Coorte dat Isabel het niet aandurfde hem te vragen waarom die vrouwenmuts in zijn bed lag. Ze had zich veilig gevoeld, vooral omdat

Coorte haar regelmatig had bezocht en haar zelfs het hof had gemaakt. Ze kon zich niet voorstellen dat er iemand anders naast haar kon zijn en zeker niet dat hij de nacht met deze persoon doorbracht.

Het was geleidelijk aan avond aan het worden en de voorstelling dat Isabel hem zou kunnen vragen om die nacht bij hem te blijven zorgde ervoor dat hij nerveus werd. Hij wist dat Hendrikje zou opdagen. Een confrontatie tussen de twee vrouwen wilde hij ten koste van alles vermijden.

Het was Isabel die hem van zijn angst bevrijdde. Ze wilde met de laatste postkoets naar Middelburg teruggaan en zou bij zijn moeder overnachten. Ze gaf hem een vluchtige kus op zijn wang, die er eigenlijk helemaal geen was, en nam afscheid toen ze het terras van het huis bereikten. Er was een schaduw over hen gevallen. Maar Adriaen was niet in staat geweest om de situatie onschadelijk te maken of zelfs maar het onderwerp aan te snijden. Wat had hij haar kunnen vertellen? Hij had twee vrouwen en hij had er met geen woord over gerept. Hij had zich er allang bij neergelegd. Maar hij zou het nooit voor mogelijk hebben gehouden dat Isabel hem zou bezoeken zonder zich aan te kondigen. Coorte voelde dat ze vastbesloten was om alles te ondernemen. Tegelijkertijd zou ze nooit een vrouw naast haar accepteren. Het onderwerp was nooit ter sprake gekomen, maar de manier waarop ze na haar ontdekking verbleekt was, zorgde ervoor dat Coorte er zich geen illusies over moest maken. Coorte wist dat hij een beslissing zou moeten nemen.

Hoofdstuk 28

In de dagen nadat Isabel hem had bezocht, vermeed Coorte op zijn beurt haar te bezoeken, alsof hij bang was haar terug te zien. Hij dacht steeds weer na over zijn leven zonder echt tot een conclusie te komen. Coorte hield van Isabel en hij hield van Hendrikje en hoewel hij wist dat hij op een dag een van de twee vrouwen zou moeten kiezen, deed hij alsof hij de beslissing zo lang mogelijk wilde uitstellen. Steeds weer stelde hij zich de voordelen van beide vrouwen voor. Als hij voor Isabel zou kiezen, zou hij wellicht een burgerlijk leven leiden, mogelijk met kinderen. Maar hij was er absoluut niet zeker van of hij zo'n leven zou kunnen financieren, vooral omdat er van Isabel's kant niet veel te verwachten viel. Eén ding was zeker: zijn familie was voorstander van Isabel. De steun die ze van zijn familie had gekregen, liet daar geen twijfel over bestaan. Ze zeiden het hem niet, maar Coorte wist dat zijn familie Hendrikje niet mocht. Coorte begreep maar al te goed dat het de wens van zijn moeder en zijn broers was dat hij trouwde in overeenstemming met zijn stand. Daarom had Isabel steun gekregen toen ze haar aanspraak op het huwelijk probeerde te doen gelden.

Als het om Hendrikje ging lagen de zaken eenvoudig. De familie wenste haar naar de hel. Haar nachtelijke aanwezigheid in Coorte's bed werd in stilte geaccepteerd, hoewel het zeker niet werd goedgekeurd. Niemand zou er zelfs maar aan gedacht hebben om haar uit te nodigen voor een zondagse thee of een familiefeest, zelfs al had Coorte dit gewild. Hendrikje bestond niet voor de familie Coorte. En als hij zou beslissen tegen Isabel en voor Hendrikje, zou dat aan de houding van de familie niets veranderen.

Het kon Coorte niet schelen. Hij gaf helemaal niet om erkenning of zegen van zijn familie, die hem sowieso als een verloren kind behandelde, dat bijna niets in het leven had bereikt. Zolang hij geen geintjes uithaalde, werd hij met rust gelaten. Hij mocht zijn miniatuurtjes in de buitenplaats schilderen.

Coorte maakte zich niet druk over hoe zijn familie hem zag. Het maakte hem niet uit welke van de twee vrouwen de voorkeur kreeg. Hij maakte zich wel zorgen over welke van de twee vrouwen het beste bij zijn leven als schilder paste. En wat dat betreft stond het voor hem buiten kijf dat dit Hendrikje was. De nachten die ze samen sliepen waren te zoet voor hem. Maar Hendrikje was meer dan alleen maar een minnares. Zij was degene die uit Coorte, Coorte had gemaakt. Niet alleen had ze hem herhaaldelijk de motieven voor zijn schilderijen gegeven. Zij had er ook voor gezorgd dat hij trouw bleef aan zijn motieven en deze steeds weer van alle kanten schilderde. En er was niets ter wereld waarvoor Coorte dankbaarder kon zijn dan dat er iemand was die hem echt inspireerde. En er bestond geen twijfel over dat deze persoon Hendrikje was. Alleen al om die reden hield hij van haar met heel zijn hart, ook al had hij moeite om het haar te zeggen. Maar hij hoefde dit ook niet te zeggen. Hendrikje voelde Coorte's liefde elke avond, als hij in haar binnendrong.

Maar de gedachte om Isabel los te laten, beviel hem helemaal niet, want Isabel was de liefde van zijn jeugd geweest. En nu was deze eerste liefde weer opgelaaid. Zijn passie leefde hij met Hendrikje en er kon geen duidelijkere uitdrukking van die passie zijn dan het verkreukelde laken, de twee verspreide kussens en Hendrikje's muts in zijn bed. En misschien had hij Isabel niet harder kunnen raken dan door de aanblik van een liefdesnacht die net ten einde was. Isabel had na het zien van het bed elke kleur in haar gezicht verloren en had het liefst in tranen willen weglopen.

Isabel had niet gehuild. Maar Coorte wist niet dat de tranen pas in de postkoets naar Middelburg waren gekomen. Isabel had het begrepen. Ze wist nu dat Coorte's liefde niet voor *haar* bestemd was, maar voor een andere vrouw, ook al beweerde hij het tegenovergestelde. Coorte hoefde niets te zeggen. Voor Isabel was de aanblik van het laken en Hendrikje's muts genoeg geweest. Het was alsof Coorte een beeld had geschilderd dat voor één keer niet over een stuk fruit of een schelp ging. Zonder het te weten, had Coorte het beeld voor Isabel geschilderd, dat haar alles vertelde wat ze moest weten over haar liefdesleven.

Toen hij een paar dagen later een brief ontving waarvan hem het handschrift bekend was, was hij niet verbaasd. Hij was bij het raam van zijn atelier gaan staan nadat Edmond de brief naar boven had gebracht.

Lieve Adriaen,

Vergeef me alsjeblieft dat ik je schrijf nadat ik je heb bezocht. Tegen de tijd dat je deze regels leest, zit ik al op een schip dat me terug naar Amsterdam brengt.

Ik schrijf je omdat ik nog een laatste keer de gevoelens die ik voor je had, wil uitdrukken. Beschouw deze woorden als een afscheid dat ik niet graag van je neem.

Helaas heeft het feit dat je je bed deelt met een dienstmeid, zoals je moeder op mijn aandringen heeft bekend, mij gedwongen om mijn verblijf hier op Walcheren te beëindigen. Ik hoop dat ik je niet hoef te vertellen hoe erg deze ontdekking mij heeft gekwetst. Het was voor mij alsof je een tweede keer van me weggelopen was. Door me niet te vertellen dat ik niet de enige vrouw in je leven ben, voel ik me ook verraden.

Maar ik wil niet klagen. Ik neem afscheid in de wetenschap dat ik niet de juiste vrouw aan je zijde ben en dat ook nooit zal zijn. We hebben misschien ooit samen een kind gehad, maar dat dwingt je nog niet om met mij te trouwen. Ik heb dat begrepen, ook al doet het pijn.

Er blijft voor mij, lieve Adriaen, niets anders over dan je het beste te wensen voor je verdere leven en je kunst, die ik ondanks alles blijf bewonderen.

Isabel d'Hondecoeter

Hoofdstuk 29

Het was zomer geworden. De gegoede families ontvluchtten de stad en vestigden zich in hun buitenplaatsen. Coorte's familie was niet gekomen. Coorte's moeder bleef in haar stadswoning in Middelburg. Zijn broer Jacob kwam af en toe langs als hij tijd had. Hij was luitenant geworden op het fregat "De Eerste Edele". Twee jaar later werd hem zelfs het bevel over een oorlogsschip toevertrouwd. Coorte's jongere broer was in 1694 naar Batavia gevaren als commandant van een schip voor de Oost-Indische Compagnie. Hij was bijna nooit in Zeeland, omdat hij meer tijd doorbracht in Banda en in Spahan, het Perzische centrum van de zijdehandel.

Coorte schilderde perziken waarrond een vlinder fladderde. Hij schilderde artisjokken, druiven en zelfs noten en hij schilderde weer met plezier aardbeien. Naast Backx waren er andere verzamelaars opgedoken die zijn fruitjes kochten. Hij was begonnen een reeks asperges te schilderen. De verzamelaars hielden van het motief, vooral omdat er in Zeeland veel asperges gekweekt werden. Hij wijdde zich opnieuw aan kruisbessen en schilderde ook andere schelpen, die hij uit de wonderkamer van zijn vader haalde. Backx, die enthousiast was over zijn schelpen, bestelde bij hem twee schilderijen tegelijk, die hij in zijn studeerkamer als een spiegelbeeld naast elkaar ophing.

Hoofdstuk 30

Jaren waren voorbijgegaan en bijna elke winter was streng en bracht veel sneeuw. Maar geen enkele winter was zo hard als de winter die in november 1708 begon. Al snel lag Walcheren onder een dikke vacht sneeuw. Alle beken en waterlopen waren bevroren. En zelfs de zee begon te bevriezen. Je kon over de zee het eiland verlaten en van Middelburg naar Goes lopen. Toen de kou in januari aanhield en zelfs erger werd, konden de paden niet meer gebruikt worden en werd het ondenkbaar om naar Middelburg of Vlissingen te gaan. Reizigers stierven onderweg en degenen die het toch aandurfden om naar het volgende dorp te gaan, kwamen vaak niet terug. De wijnvaten in de kelders bevroren. Bomen barstten en alle fruitbomen in Edmond's tuin stierven door de vorst.

In deze winter werd Hendrikje ziek. Ze had op een gegeven moment koorts gekregen en Coorte had haar een bedpan gebracht toen ze ondanks alle dekens nog altijd beefde. Het zweet stond op haar voorhoofd en toen Coorte er zijn hand op legde, voelde hij dat het gloeiend heet was. Het koude weer en de steeds weer opduikende sneeuwstormen maakten het onmogelijk om een dokter te halen. Niemand anders dan Edmond was in het koude huis. Coorte was alleen met Hendrikje. Hij deed alles wat er in zijn macht lag om haar te verplegen, maar na enkele dagen hield de koorts nog steeds aan. Hendrikje begon onbegrijpelijke woorden te zeggen. Coorte probeerde haar te kalmeren door haar herhaaldelijk te strelen en koude kompressen op haar voorhoofd te leggen. Het hielp niet. Hij voelde dat Hendrikje van hem weggleed. Wat hij ook probeerde, de koorts hield aan. Hij was wanhopig.

Op een ijskoude januarimorgen leek de koorts plotseling te dalen, maar Hendrikje's huid werd bleek. Ze had haar ogen open, maar het leek alsof ze in de leegte lag te staren. Coorte probeerde met haar te praten, maar Hendrikje reageerde niet. Toen hij zich haastte om een spiegel te halen om voor haar mond te houden, besloeg de spiegel niet.

Hoofdstuk 31

Nadat Hendrikje was overleden, viel Coorte in een diepe droefheid. Hij probeerde een penseel in zijn hand te nemen, maar zodra hij het papier naderde, voelde hij zijn hand verzwakken. Het was alsof de wens om te schilderen met Hendrikje was meegegaan.

Toen in april 1709 het voorjaar eindelijk over Walcheren kwam, werd de volle omvang van de koude winter zichtbaar. Hij kon zich niet herinneren dat hij ooit zo'n winter had meegemaakt, zei Edmond tegen Coorte, toen ze met z'n tweeën een wandeling in de siertuin van de familie maakten. Edmond wees op de takken in de boomgaard die voor het eerst sinds mensenheugenis geen bloesems lieten zien. De appelbomen leken geen knoppen te vormen. Edmond bleef onder een appelboom staan en keek omhoog. Hij zag alleen de lucht, met wat witte wolken langskomen. Toen hij zijn hoofd liet zakken en een blik met Coorte wisselde, kon Coorte een traan zien die zijn oog verliet. Toen ze de bij de sierplanten kwamen, was de verwoesting nog groter. De rozentuin leek op een doornig graf. Geen enkele van de struiken had bladeren gevormd. Nergens was er een bij, een vlinder of zelfs maar een vlieg te zien. Overal lagen dode zwaluwen en mussen die uit hun nesten waren gevallen. De meeste eiken en essen in de lanen hadden de winter niet overleefd. Hun stammen stonden nog overeind, maar de meeste takken vielen in de eerste storm naar beneden.

Na de kou kwam de honger. De laatste voorraden van het voorgaande jaar waren al lang weg. Als er nog appels in de kelder te vinden waren, bleken ze verrot.

Het was alsof God zelf zich uit zijn tuin had teruggetrokken. Voor Coorte viel er in de lente van 1709 niets te schilderen. Er was bijna geen fruit en het weinige dat er was, had een nietige vorm. Het leek hem dat zelfs de kleuren van de natuur bleek waren. Alsof er een grijze sluier over de natuur lag.

Tijdens de lente en de zomer van 1709 schilderde Coorte geen enkel schilderij. Zijn penselen bleven in de potten staan waar ze sinds Hendrikje's dood al stonden. In de lade van de tekentafel bleven de schetsen liggen die hij het jaar daarvoor had gemaakt. De verf in de potten was al lang droog en was onbruikbaar. Hoe had

Coorte ook nieuwe verf kunnen maken? De natuur om hem heen had nauwelijks iets opgeleverd dat hij had kunnen gebruiken. Er was zelfs geen eierdooier te vinden. Alle kippen waren dood.

Coorte hielp Edmond in de tuin te redden wat er te redden viel. Ze ruimden de dode sierplanten weg en sneden de verdorde takken af van de planten die nog in leven leken te zijn. Coorte hielp hem om de twijgen op stapels te leggen en ze uiteindelijk in brand te steken. In plaats van het weelderige jonge groen van bomen en struiken, smeulde er overal in de tuinen rond Oostkapelle het vuur van verdorde en rotte takken. De tuin rook verkoold nadat de vorst eindelijk was verdwenen. De hele winter moest eerst verbrand worden, zei Edmond. Coorte's handen waren zwart en grijs. 's Avonds keek hij naar ze in het licht van een kaars. Hoe konden deze handen ooit nog schilderen, dacht hij.

De aarde was in dit voorjaar zwaar als lood. Hulp was niet te verwachten, want iedereen was in zijn eigen tuin bezig om iets te eten te vinden of wat groentes te planten tussen rozenperken en sierplanten, zodat ze iets te eten hadden. Coorte hielp Edmond zo goed hij kon.

Hij had nog nooit in zijn leven een spade in zijn hand gehad.

Na de kou kwam de regen en de slakoppen, die sowieso niet al te veel voorstelden, verrotten. De weinige wortelen die het overleefden, waren ellendig klein. De koolplantjes wilden maar niet groeien.

Toen Coorte op een dag naar zichzelf keek in een spiegel, zag hij dat hij oud geworden was. Nadat Hendrikje was overleden, had hij geen zin meer gehad om te schilderen. Zijn enige vreugde bestond eruit samen met Edmond een noot of zelfs een kleine aardbei in de tuin te vinden, die het licht had gehaald. Hij legde hem op zijn hand en keek er goed naar, net zoals hij jaren geleden naar de aardbeien had gekeken die Hendrikje hem had gegeven. Het oppervlak was meer grijs dan groen. Maar het was een aardbei. Edmond had zijn schop in de zware aarde gestoken en er even naar gekeken. Het was hem niet ontgaan dat er een traan uit Coorte's oog was gerold.

Nawoord van de auteur

De schilder Adriaen Coorte is nog steeds onbekend bij het grote publiek, hoewel de kenners van de zeventiende-eeuwse Nederlandse schilderkunst hem op een rijtje zetten met Rembrandt, Vermeer en Frans Hals. De belangrijkste reden hiervoor is vermoedelijk het feit dat Coorte meer dan twee eeuwen lang bijna volledig in de vergetelheid raakte en dat pas in de loop van de twintigste eeuw stillevens van zijn hand in openbare collecties te zien waren. Ondertussen worden zijn schilderijtjes op veilingen voor miljoenen verkocht. De catalogus met werken van zijn ontdekker Laurens Boll uit 1977, bevat 109 schilderijen, maar in werkelijkheid zijn er misschien veel meer geweest. De meeste schilderijtjes zijn gedateerd tussen 1683 tot 1707 en tonen bijna allemaal stillevens, bijna zonder uitzondering met fruit, groenten en schelpen.

Over het leven van de schilder is bijna niets bekend. Tijdens een bombardement op 17 mei 1940 ging een groot deel van de binnenstad van Middelburg in vlammen op. Bijna het hele oude stadsarchief en enkele archieven van het Zeeuwse Rijksarchief zijn verloren gegaan. Aangezien de laatste datering van een schilderij van Coorte uit 1707 stamt, wordt aangenomen dat Coorte dat jaar gestorven moet zijn. Recent onderzoek (zie het boek van Ton de Jong en Huib J. Plankeel: Adriaen Coorte uit IJzendijke) lijkt dit te bevestigen, maar harde bewijzen, zoals een overlijdensakte, ontbreken. Ik ben zo vrij geweest om mijn verhaal af te sluiten met de winter van 1708-1709. Het is dus geenszins zeker dat Coorte nog leefde tijdens deze winter, die als de koudste van de laatste vijfhonderd jaar wordt beschouwd. Deze winter staat ook bekend als "The Great Frost of 1709", waarvoor het *Maunderminimum* als de oorzaak wordt beschouwd. Deze klimatologische classificatie beschrijft een periode van sterk verminderde zonnevlekkenactiviteit in de jaren tussen 1645 en 1715. Het is beter bekend onder de naam "kleine ijstijd." De lezer moge mij vergeven dat ik het leven van Coorte misschien met een jaar heb verlengd, zodat hij aan deze ingrijpende gebeurtenis kon deelnemen.

Dankzij het recente onderzoek van de Jong en Plankeel weten we dat de familie Coorte oorspronkelijk niet op het eiland Walcheren woonde, maar uit het dorp IJzendijke kwam. Deze plaats ligt ten zuiden van Walcheren in Zeeuws Vlaanderen. De familie Coorte was blijkbaar eeuwenlang betrokken bij het beheer van de polders en de dijken en bezat verschillende boerderijen. De vader van Coorte was ook werkzaam in het polderbestuur van deze gemeente. De handel in land en dijken zat in het bloed van de familie en Coorte's broers en mogelijk Coorte zelf, kochten en verkochten regelmatig land en landbouwgrond en investeerden in dijken van poldergrond en ontvingen er huurinkomsten van.

Het lot van de familie Coorte werd beslissend bepaald door het zogenaamde *rampjaar van 1672*. In dat jaar vormden Engeland, Frankrijk, Keulen en Münster een bondgenootschap en verklaarden de Republiek der Zeven Verenigde Provinciën de oorlog. Adriaen Coorte moet in dat jaar ongeveer elf jaar oud zijn geweest. In de loop van de oorlog hebben de stadsleiders van IJzendijke de polders ten zuiden van IJzendijke onder water gezet. Hierdoor kon het Franse leger bij Aardenburg worden tegengehouden. Het rampjaar wordt vandaag de dag beschouwd als het begin van de neergang van de Gouden Eeuw. De kunstmatige overstroming van land voor oorlogsdoeleinden betekende een financiële aderlating voor de weduwe van Cornelis Coorte. De grond, die vaak als onderpand voor leningen werd gebruikt, verloor plotseling zijn waarde. Coorte's moeder verkocht in 1675 een deel van haar bezittingen en verhuisde met haar drie zonen naar Middelburg, op het eiland Walcheren.

Er bestaat onzekerheid over de relatie van Coorte met de Amsterdamse dierenschilder Melchior d'Hondecoeter. De Coorte-expert Quentin Buvelot vermoedt dat Coorte in het atelier van de Amsterdamse schilder heeft gewerkt of gestudeerd. Tenminste één van Coorte's eerste schilderijen is een kopie van de meester, maar dit bewijst nog niets. Coorte had heel goed werken van D'Hondecoeter in Zeeland kunnen zien. Er is bewijs dat D'Hondecoeter een dochter had met de naam Isabel. Isabel was getrouwd en haar man weigerde de erfenis toen zijn schoonvader stierf, mogelijks vanwege schulden. Maar het is opmerkelijk dat er in D'Hondecoeters nalatenschap een vijftigtal schilderijen waren. Er waren twee portretten van "Michiel Angelo" en zeven werken van Frans Snyders. In het verhaal is de relatie van Coorte met de dochter van D'Hondecoeter mijn uitvinding, net als zijn relatie met Hendrikje.

Coorte's schilderijen zijn dus bijna het enige wat we van hem hebben. Zijn motieven zijn niet origineel (originaliteit is een moderne uitvinding). We vinden al zijn motieven terug in werken van zijn voorgangers zoals Balthasar van der Ast (schelpen), Isaac van Duynen (asperges), Jan Jansz van de Velde (aardbeien), om er maar een paar te noemen. Coorte schilderde dus binnen een traditie die werkte met vaste codes die door zijn tijdgenoten werden begrepen. Dit feit heb ik misschien niet genoeg benadrukt in de roman, wat een enigszins romantisch beeld van de schilder heeft opgeleverd. Dat was niet mijn bedoeling, want ik was me ervan bewust dat men Coorte, ondanks zijn uniciteit, moet zien in zijn tijd en in de maatschappij waarin hij leefde. En deze was door en door traditionalistisch, met vaste regels, ook in de kunst. Alleen daarom al kan ik de hypothese van de Jong en Plankeel dat Coorte "een eenzame stillevenschilder" moet zijn geweest, niet echt onderschrijven. Waarom eenzaam? Omdat we niets over hem weten? Zijn schilderijen laten volgens mij eerder het tegenovergestelde vermoeden. Ze getuigen van een kunstenaar die zijn motieven niet zelf bedacht heeft, maar ze uit schilderijen van zijn voorgangers en tijdgenoten haalde. Ofwel kende hij hun schilderijen heel goed, ofwel kende hij de kunstenaars zelf.

Een buitenplaats in Oostkapelle was waarschijnlijk niet in het bezit van Coorte's moeder, Petronella van Gogh. De huurinkomsten die ze uit het familiebedrijf ontving, zouden hiervoor nauwelijks voldoende zijn geweest. Dit is overtuigend aangetoond door het onderzoek van de Jong en Plankeel. Een buitenplaats met een tuinman en siertuin was alleen mogelijk voor de echt rijke leden van de Zeeuwse elite. Ik heb dit motief overgenomen uit het uitstekende boek over het onderwerp "Het pryeel van Zeeland: buitenplaatsen op Walcheren 1600-1820" van Martin van den Broeke. Het feit dat deze buitenhuiscultuur in de zeventiende eeuw bestond, bracht me ertoe om er een thema in het verhaal van te maken. Het was een fenomeen dat natuurlijk te danken was aan het buitengewone commerciële succes van de Zeeuwen tijdens de Gouden Eeuw. Coorte's oudere broer, Jacob Michiel, zou misschien het dichtst bij de aankoop van zo'n buitenplaats zijn gekomen, gezien zijn financiële situatie. Tot nu toe is hiervan echter nog geen bewijs gevonden in de archieven, hoewel de broers in de familietraditie ijverig grond hebben aangekocht en deze ook weer hebben verkocht.

Over Coorte's eerste kopers is er vrijwel niets bekend. Alle sporen leiden steeds weer naar Zeeland, wat een aanwijzing is dat hij daar ook daadwerkelijk heeft gewoond en gewerkt. Ook veilingcatalogi uit de achttiende eeuw wijzen hierop. De klanten en verzamelaars van Coorte moeten inderdaad worden gezocht bij de magistraten van de Zeeuwse overheid. De kunstverzamelaar Jean Walleran Sandra, tevens burgemeester van Middelburg, was eigenaar van een Coorte. De advocaat Lieven Ferdinand de Beaufort had zelfs veertien Coortes, vermoedelijk uit een nalatenschap. In het verhaal herken je hem in Coorte's beschermheer, Cornelis Backx. Dit alles wijst volgens mij niet op een eenzame schilder die in een verborgen hoekje van Walcheren kleine meesterwerkjes zat te maken. Zijn tijdgenoten waren blijkbaar zeer goed in staat om de kwaliteit van zijn fruitjes te beoordelen.

De musicus Pieter Bustijn zou zijn hele leven in Middelburg hebben doorgebracht. Ook van zijn leven is door de vernietiging van de archieven in 1940 vrijwel niets bekend. Hij was organist en beiaardier in de Nieuwe Kerk in Middelburg. Als componist is hij nauwelijks bekend, waarschijnlijk omdat slechts één van zijn werken bewaard is gebleven: de 9 suites voor klavecimbel die in het verhaal worden genoemd en die in 1712 door de bekende uitgever Estienne Roger werden uitgegeven. Omdat er in Nederland in de zeventiende eeuw weinig muziek werd gedrukt, zijn ook de meeste composities verloren gegaan. Toch getuigt de suite van Bustijn van een verbazingwekkend hoge muzikale kwaliteit. Blijkbaar had zelfs J.S. Bach een kopie ervan. Er zijn musicologen die zelfs zo ver gaan om te spreken van een zekere invloed op het werk van Bach. Ze verwijzen naar motieven in Bustijn's suites die in sommige van Bach's werken terugkomen.

Over de auteur

Peter Devaere, geboren in 1964 in Brugge, groeide op in een Vlaamse kunstenaarsfamilie. Hoewel hij aanvankelijk actief was als muzikant, voelde hij al op jonge leeftijd de neiging om te schrijven. In 1988 verhuisde hij naar Duitsland en begon in het Duits te schrijven. In 2002 verscheen "Das Appartment", zijn eerste roman in het Duits. Ook "Het geheime leven van Adriaen Coorte" verscheen oorspronkelijk eerst in het Duits. De vertaling ervan maakte hij zelf. Naast literaire teksten is hij ook actief als auteur van non-fictie boeken.